Buffy – Im Bann der Dämonen

CORDELIA - DIE HÖLLENQUEEN

Nancy Krulik

Buffy
IM BANN DER DÄMONEN

Cordelia – Die Höllenqueen

Aus dem Amerikanischen
von Birgit Schmitz

vgs

Bibliografische Information Der Deutschen Bibliothek
Die Deutsche Bibliothek verzeichnet diese Publikation in der Deutschen Nationalbibliografie; detaillierte Daten sind auch im Internet über http://dnb.ddb.de abrufbar.

Das Buch »Buffy – Im Bann der Dämonen.
Cordelia – Die Höllenqueen«
entstand nach der gleichnamigen Fernsehserie (Orig.: *Buffy, The Vampire Slayer*) von Joss Whedon, ausgestrahlt bei ProSieben.

Erstveröffentlichung bei Pocket Books, eine Unternehmensgruppe
von Simon & Schuster, New York 2002.
Titel der amerikanischen Originalausgabe:
Buffy, The Vampire Slayer.
The Cordelia Collection.

Lektorat: Katharina Schwarze
Produktion: Wolfgang Arntz
Umschlaggestaltung: Sens, Köln
Titelfoto: © Twentieth Century Fox Film Corporation 2003
Satz: Kalle Giese, Overath
Druck: Clausen & Bosse, Leck
Printed in Germany
ISBN 3-8025-3270-8

Prolog

»Lässt du dir immer so viel Zeit?«, fragte Cordelia Chase eingeschnappt, als sie dem Barkeeper ihren frischen heißen Milchkaffee aus der Hand riss.

»Tut mir Leid«, entschuldigte sich der Barkeeper mit einem müden Seufzer.

In der Coffee-Bar des *Bronze* war es heute Abend zwar besonders voll, aber Cordelia hatte trotzdem keine Lust, behandelt zu werden wie jeder andere Gast auch. »Ach, vergiss es«, erwiderte Cordelia, womit sie den Club-Angestellten erfolgreich abwimmeln wollte. Sie nahm einen kleinen Schluck von dem Kaffee und leckte ein wenig weißen Schaum von ihren Lippen. Dann sah sie an sich herab und strich eine Falte an ihrem neuen, roten Seidenminirock glatt.

Der Barkeeper blieb einen Moment stehen und beäugte Cordelia vorsichtig. Er wartete offensichtlich auf ein Trinkgeld.

»Ich gebe dir lieber einen guten Rat«, witzelte Cordelia von oben herab. »Jemand mit deiner Kopfform sollte definitiv keinen Pony tragen.« Sie lachte in sich hinein, während der verdutzte Angestellte zum anderen Ende der Coffee-Bar hinüberging. Sie nahm einen zweiten Schluck von ihrem Kaffee, fuhr sich mit ihren perfekt manikürten Fingernägeln durch ihr langes, dunkles, seidiges Haar und schmiegte sich an den Arm ihres derzeitigen Freundes, Mitch Fargo, des neuen Baseballstars der *Sunnydale High*.

»Das *Bronze* platzt echt aus allen Nähten heute Abend«, meinte Mitch. Er gähnte leicht, streckte seine Arme aus und ließ seine Hand dann anzüglich über Cordelias Oberschenkel gleiten.

Cordelia ließ sich nicht anmerken, ob sie diese provokative Geste mitbekommen hatte. Sie machte sich eher darüber Sorgen, ob sie und Mitch auch an einer guten Stelle saßen – schließlich sollte sie jeder im *Bronze* sehen können und wissen, dass *sie* momentan mit dem begehrtesten Typen der *Sunnydale High* zusammen war. Erst als sie vollkommen befriedigt feststellte, dass sie von der Tanzfläche aus nicht nur gut sichtbar waren, sondern dass sogar ihre Schokoladenseite zur Geltung kam, begann Cordelia, sich zu entspannen. Das war ein Abend nach ihrem Geschmack. Laute Musik, ein bewundernd gaffendes Publikum und kein Ärger weit und breit.

Ein Abend ohne jeglichen Zoff war in Sunnydale eher Mangelware. Die Stadt zog Katastrophen offenbar nur so an. In letzter Zeit schien die Lebenserwartung eines Teenagers, der die *Sunnydale High School* besuchte, nicht viel höher zu liegen als die eines Insekts. Die Schüler schienen tatsächlich zu sterben wie die Fliegen – und auf die merkwürdigsten Arten und Weisen. Kürzlich war eine Cheerleaderin in Rauch aufgegangen – der erste Fall von spontaner Verbrennung, der sich je in der Geschichte der *Sunnydale Cheerleader* ereignet hat. Das Erfreuliche daran war, dass Cordelia dadurch Gelegenheit bekam, in die Star-Riege des Schulsports aufzusteigen. Einem anderen Mädchen war direkt vor der Talent-Show das Herz herausgeschnitten worden (wirklich *sehr* unschön!). Dann hatte sich der Computerfreak Dave im Computerraum erhängt. Es kursierten sogar Gerüchte, einige Schüler hätten den alten Schulleiter, Mr. Flutie, bei lebendigem Leib gegessen. Natürlich lautete die offizielle Version, er sei von einem Rudel Hunde angefallen worden, aber selbst das klang doch mehr als seltsam.

Soweit Cordelia sehen konnte, gab es nicht viel, was all diese merkwürdigen Todesfälle miteinander verband – außer vielleicht der Tatsache, dass sie seit Buffy Summers' Aufkreuzen in Sunnydale verstärkt auftraten. Es sah ganz so aus, als wäre Buffy nie weit, wenn sich irgendwo eine Katastrophe ereignete.

Zunächst hatte Cordelia versucht, Buffy zu mögen. Schließlich kam das Mädel aus Los Angeles, dem Land der Filmstars, der herrschaftlichen Anwesen und des endlosen Shopping-Vergnügens. Cordelia hatte gedacht, dass sie schon allein aus diesem Grund cool sein müsste. Leider (aber das würde Cordelia niemals öffentlich eingestehen) hatte sie sich in Buffy getäuscht. Buffy war nicht nur einfach uncool, sie war sogar oberuncool. Sie hatte sich allen Ernstes mit Willow Rosenberg und Xander Harris angefreundet. Die drei hingen dauernd in der Bibliothek rum und veranstalteten Streberpartys mit dem Schulbibliothekar! Und seit Buffy angefangen hatte, plötzlich bei all diesen unheimlichen Vorfällen aufzutauchen, war sie in Cordelias Ansehen sogar noch tiefer gesunken.

Cordelia ließ ihren Kopf leicht auf und ab wippen, während sie der dreiköpfigen Band zuhörte, die auf ihre Instrumente einprügelte. Sie wollte Mitch gerade vorschlagen, aufzustehen und zu tanzen, als sie drei Teens bemerkte – einen Typen und zwei Mädels –, die in den Club kamen. Der Junge stand in der Mitte. Er war groß gewachsen und hatte braunes, vom Wind leicht zerzaustes Haar. Er könnte echt gut aussehen, dachte Cordelia, wenn er nicht dieses Flanellhemd tragen würde. *Seattle Grunge* war doch nun wirklich vorbei. An seiner linken Seite stand eine kleine Rothaarige in Low-Cut-Jeans und einem hellen, flauschigen Pulli. Zu seiner Rechten hatte er eine schlanke Blondine, die eine schwarze Lederhose und ein Tank-Top trug.

»Guck an, die Psychos sind da«, stöhnte Cordelia, als sie über die Tanzfläche hin zu Xander, Willow und Buffy starrte.

Aus den Augen, aus dem Sinn

Cordelia Chase zeigte ihrer neuesten Gruppe von Bewunderern, die sich am frühen Montagmorgen im Flur der Schule um sie geschart hatte, ihr strahlend weißes Lächeln. »Ich liebe den Frühling einfach. Und meine helle Frühjahrsmode!«, verkündete sie, um sicherzustellen, dass ihre bewundernde Zuhörerschaft den neuen, himmelblauen Pulli mit V-Ausschnitt und den dazu passenden Rock bemerkte.

Mitch hatte seine eigenen Vorstellungen von den Freuden, die diese Jahreszeit mit sich brachte. »Und das Frühjahrs-Trainingsprogramm«, sinnierte er laut.

»Und den Ball am Ende des Schuljahrs«, fuhr Cordelia fort, die Mitchs Äußerung anscheinend gar nicht gehört hatte.

»Und das Ende des Schuljahrs«, stimmte Cordelias beste Freundin Harmony mit ein.

»Das ist definitiv meine liebste Zeit im Jahr«, wiederholte Cordelia mit einem zufriedenen Lächeln, während sie sich langsam Richtung Klassenzimmer in Bewegung setzte. Cordelia vermied es stets, schnell durch die Flure zu gehen. Sie wollte sichergehen, dass jeder Gelegenheit hatte, sie ausführlich zu bewundern.

Und sie wurde durchaus bewundert. Die Schüler und Schülerinnen, die an ihren Spinden standen, drehten sich um, um die Campus-Königin und ihr Gefolge zu betrachten, wenn sie vorbeizogen. Nach außen hin schien Cordelia die Anwesenheit dieser geringeren Wesen kaum wahrzunehmen, doch insgeheim bemerkte sie jeden ihrer sehnsüchtigen Blicke. Cordelia wusste, dass alle Mädchen so sein wollten wie sie und alle Jungs sie zur Freundin haben wollten.

Als die Gruppe an einem Poster vorüberschlenderte, auf dem »GEBT AM DIENSTAG EURE STIMME FÜR DIE MAIKÖNIGIN AB!« stand, fiel Cordelia wieder ein, dass sie an diesem Nachmittag eine Anprobe für ihr Kleid hatte, das sie auf dem jährlichen Frühlingsball anziehen würde. »Ich lasse mir natürlich extra ein Kleid nähen«, sagte sie zu Mitch und Harmony. »Diese Dinger von der Stange machen mich krank.«

Mitch lächelte verschmitzt. »Lass mich raten. Blau, wie deine Augen?«

»Meine Augen sind haselnussbraun!«, giftete Cordelia und sah ihn missmutig an.

»Ihr beide werdet auf dem Foto der Maikönigin einfach toll zusammen aussehen«, unterbrach Harmony, bevor das derzeit populärste Paar der *Sunnydale High* in Streit verfallen konnte. Harmony bemühte sich, ihrem Namen alle Ehre zu machen und, nun ja, Harmonie zu stiften.

Cordelia strahlte bei dem Gedanken, als Maikönigin fotografiert zu werden. »Na ja, rein praktisch gesehen bin ich ja noch nicht zur Maikönigin gewählt worden.« Ihre Stimme triefte nur so von falscher Bescheidenheit.

Wie aufs Stichwort brachen Mitch und Harmony in Gelächter aus. Die Wahl war reine Formsache.

Das scherzhafte Geplauder der drei wurde unterbrochen, als die Türen zur Bibliothek aufflogen. Buffy Summers kam in Höchstgeschwindigkeit aus dem Zimmer gestürzt und prallte direkt gegen Cordelia und Mitch. Eine Lawine von Büchern, Zeitungen und kleinen hölzernen Stöcken jeder Größe und Stärke platzte aus ihrem Rucksack und verteilte sich über den Boden.

»Sieh mal an, was da Merkwürdiges rauskommt«, kommentierte Cordelia herablassend.

Buffy beeilte sich, das Durcheinander aufzusammeln. »Wahrscheinlich fragst du dich, was ich mit dem ganzen Kram mache«, murmelte sie nervös, während sie einen der Stöcke in ihre Tasche stopfte.

Cordelia verdrehte die Augen. »Nein, nicht im Geringsten.«

»Das ist für ein Referat bestimmt«, erklärte Buffy, die Cordelias offenkundiges Desinteresse einfach ignorierte. »Für Geschichte. Mr. Giles hat dieses, sagen wir, Hobby. Er sammelt – Sachen. Die er mir geliehen hat. Für das Referat. Habe ich schon erwähnt, dass das für den Geschichtsunterricht ist?«

Mitch, Cordelia und Harmony sahen Buffy verwundert an. Wie hatte dieses Mädel all dieses Zeug sagen können, ohne auch nur ein einziges Mal Luft zu holen? Und vor allem: Was hätte uninteressanter sein können? Buffy sah in ihre verständnislosen Gesichter und seufzte. Sie klang wie eine vor sich hinbrabbelnde Idiotin.

»Sie hängt dauernd bei diesem gruseligen Bibliothekar in dieser gruseligen Bibliothek rum«, bemerkte Harmony.

Mitch zog eine Grimasse. »Igitt. Bibliotheken. All diese Bücher. Was soll man bloß damit?«

Cordelia kicherte und hakte sich bei Mitch unter. Die beiden Favoriten für das königliche Maiballpaar gingen durch den Flur davon, und Harmony, ihre Hofdame mit dem blonden Pferdeschwanz, hielt sich dicht hinter ihnen.

Buffy sah ihnen sehnsuchtsvoll nach, wie sie davonstolzierten. Klar, Cordelia war absolut oberflächlich, und Buffy wusste, dass sie es gar nicht schlimm finden sollte, nicht zu den *Cordettes* zu gehören. Ausgerechnet Buffy wusste ja wohl, dass es wichtigere Dinge gab, als beliebt zu sein. Die Welt vor dem Bösen zu retten zum Beispiel.

Das war in der letzten Zeit Buffys Hauptaufgabe. Die *Sunnydale High School* lag genau über dem Höllenschlund – dem Zentrum mystischer Gravitation, von dem Dinge angezogen wurden, die man anderswo nicht unbedingt vorfinden konnte. Schreckliche Dinge wie zum Beispiel Vampire. Buffy war eine Vampir-Jägerin und schneller, stärker und härter im Nehmen als normale Menschen. Sie allein war vom mächtigen Rat dazu auserwählt, das Böse auf der Welt zu bekämpfen. Was ja irgendwie ziemlich cool war – abgesehen davon, dass sie fast allnächtlich dazu gezwungen war, sich unaussprechlich bösen Mächten zu stellen, sie zu besiegen oder aber von ihnen besiegt zu werden.

Das war nicht gerade ein Leben für Zartbesaitete – oder gar für jemanden, der sozial voll integriert sein wollte.

Als sie noch in Los Angeles lebte, war Buffy eine typische Cheerleaderin gewesen, beliebt und blond – Cordelia gar nicht unähnlich. Aber ihre Berufung hatte all das über den Haufen geworfen.

Jägerin zu sein bedeutete eine riesige Verantwortung. Eine so große, dass Mr. Rupert Giles, dieser »gruselige Bibliothekar«, von dem Harmony gesprochen hatte, der Ansicht war, Buffy müsse erheblich viel mehr Zeit für die Ausbildung ihrer Fähigkeiten aufwenden. Giles war ein Wächter. Seine Aufgabe bestand darin, seine Jägerin zu trainieren und sie auf alle erdenklichen Schrecken vorzubereiten, die ihr möglicherweise bevorstanden.

Das war alles ganz schön aufregend. Aber irgendwie konnte Buffy nicht umhin, sich gelegentlich ihr altes – normales – Leben zurückzuwünschen. Die Umstellung, statt Klamotten jetzt Vampire zu jagen, war nicht immer einfach.

Aber im Augenblick hatte sie keine Zeit, darüber nachzudenken. Buffy blieben nur noch drei Minuten, um das Schulgelände zu überqueren und zu ihrer Algebra-Stunde zu gelangen.

Langeweile, dein Name ist Shakespeare!, dachte Willow mürrisch. Während Buffy damit beschäftigt war, Gleichungen zu lösen, versuchten sie und Xander, im Literaturunterricht die Rätsel des *Kaufmanns von Venedig* zu entschlüsseln. Aber Willow hatte wenig Erfolg damit, der Lehrerin ihre Interpretation darzulegen. Wie üblich hatte Cordelia es geschafft, fast die gesamte Aufmerksamkeit von Ms. Miller auf sich zu lenken.

»Wenn ihr uns stecht, bluten wir nicht? Wenn ihr uns kitzelt, lachen wir nicht?«, deklamierte Ms. Miller gerade mit überschäumender Begeisterung. »Wenn ihr uns vergiftet, sterben wir nicht? Und wenn ihr uns beleidigt, sollen wir uns nicht rächen?«

Die Lehrerin brach ab und ließ ihren Blick über zwanzig glänzende, verwirrt schauende Augen gleiten. »Okay, also los, Leute«, drängte sie. »In welcher Beziehung steht das, was Shylock über die Erfahrung, jüdisch zu sein, sagt, zu unserer Diskussion über die Wut von Ausgestoßenen auf die Gesellschaft?«

Die meisten Schüler machten sich auf ihren Stühlen kleiner und beteten darum, von Ms. Miller übersehen zu werden. Nur Willow und Cordelia hoben die Hände.

Die Lehrerin lächelte die hübsche Brünette an. »Cordelia?«

Willow ließ, enttäuscht, aber nicht überrascht, ihre Hand sinken. Ms. Miller war nicht die erste Lehrerin, die Cordelias Charme zum Opfer fiel. Und sie würde auch nicht die letzte sein.

»Was sagt Shylock?«, fuhr Ms. Miller fort.

»Wie wär's mit: ›Hey, ich bin ganz schön auf mich selbst fixiert‹?«, verkündete Cordelia. »Shylock jammert und jammert und jammert, während die ganze Welt sich nur um ihn dreht! Er benimmt sich, als wäre es Gerechtigkeit, wenn er ein Pfund von Antonios Fleisch bekäme. Aber es ist nicht gerecht. Es ist eklig.«

Ms. Miller blickte durch den Raum. »Aber hat Shylock gelitten? Wo steht er in der Gesellschaft?«

»Alle sehen auf ihn herab«, warf Willow ein.

Cordelia verdrehte die Augen. »Das ist doch eine total lächerliche Rechtfertigung!«, erwiderte sie. »Shylock sollte sich mal wieder einkriegen. Leute, die glauben, sie hätten so riesige Probleme, gehen mir auf die Nerven. Das ist genau wie damals, als ich mal ein Mädchen auf ihrem Fahrrad angefahren habe. Das war das schrecklichste Erlebnis meines Lebens, und sie hat versucht, es so zu drehen, dass dauernd nur von ihrem Bein die Rede war. Als wäre mein Schmerz überhaupt nichts.«

Xander und Willow sahen sich an. Ms. Miller würde diesen Mist doch wohl durchschauen, oder?

Nicht wirklich. »Cordelia hat einen wichtigen Punkt angesprochen«, begann die Lehrerin, als die Glocke ertönte, »den wir beim nächsten Mal noch einmal aufgreifen werden.«

Der Klang der Glocke riss die Schüler aus ihrem Tran. Sie sprangen auf und preschten aus dem Raum. Nur Cordelia hielt am Schreibtisch der Lehrerin an, bevor sie weiterging.

»Ms. Miller?«, fragte sie süßlich.

Die Lehrerin lächelte sie an. »Du hast heute ein paar gute Sachen gesagt, Cordelia. Es ist doch immer wieder schön zu sehen, dass jemand den Text wirklich gelesen hat.«

Willow verzog mürrisch das Gesicht. *Ich* habe den Text wirklich gelesen.

»Ich wollte mit Ihnen über mein Referat sprechen«, erklärte Cordelia. »Ich bin so durcheinander. Ich habe all diese vielen Ideen, und ich bin ziemlich sicher, dass sie sich gegenseitig widersprechen.«

Ms. Miller blickte auf ihren Tisch hinunter und nickte. »Ich habe hier irgendwo dein Konzept«, sagte sie. »Warum kommst du nicht morgen nach der Schule vorbei, und wir gehen das zusammen durch?«

»Das wäre toll, vielen Dank«, willigte Cordelia ein. Zufrieden spazierte sie durch die Tür auf den Flur hinaus.

Wenn Cordelia einen Sinn für irgendetwas anderes als nur für sich selbst und ihre eigenen Bedürfnisse gehabt hätte, dann hätte sie vielleicht die unheimliche Aura bemerkt, die sich draußen vor Ms. Millers Raum in der Luft zusammenbraute. Der

Flur schien leer zu sein, und doch war dort jemand, der Cordelia mit bedrohlichen Blicken folgte, während sie zu ihrem nächsten Kurs davonging.

Da ist sie ja, unsere Miss Mittelpunkt. Die unsichtbare Verursacherin der Aura summte diese Wort still vor sich hin und seufzte dann traurig. Es muss schön sein, wenn man so perfekt ist. Oder wenigstens so perfekt *erscheint.* Zu schade, dass die Dummköpfe hier in der Schule sie nicht so sehen können, wie ich sie sehen kann. Keiner von diesen Losern hat eine Ahnung, was tatsächlich hinter dieser perfekten, kleinen Nase, den großen Augen, den zurechtgemachten Haaren und dieser dünnen kleinen Taille steckt.

So eine Vergeudung. Cordelia Chase ist das überflüssigste Wesen auf diesem Planeten.

Nur wenige Minuten später kam Mitch Fargo aus der Dusche in der Jungenumkleide und begann, sich anzuziehen.

»Gehst du ins *Bronze*?«, fragte einer von Mitchs Teamkollegen.

Mitch schlüpfte mit einem Bein in seine Hose und nickte. »Später. Zuerst hole ich meinen Anzug ab. Ich muss doch scharf aussehen an unserem großen Tag.«

Sein Kumpel grinste. »Stimmt. Wenn man an Cordelias Arm gehen will, muss man natürlich gut aussehen.«

Mitch grinste seinen Freund verschwörerisch an. »Es ist aber nicht ihr Arm, auf den ich aus bin«, meinte er lachend.

Sein Kumpel lachte laut auf, dann verließ er den Umkleideraum und ließ Mitch dort allein zurück.

Plötzlich erklang ein unheimliches Lachen. Das schrille Gelächter jagte Mitch einen Riesenschrecken ein. Es klang fast so, als käme es nicht von einem Menschen.

»Wer ist da?«, rief Mitch. Er wartete auf eine Antwort, doch er bekam keine. Nichts regte sich. Gar nichts.

Das Lachen kam wieder – diesmal noch lauter und wilder, fast irre.

»Okay, der Spaß ist vorbei«, rief Mitch wütend. »Komm raus!«

Niemand antwortete darauf. Aus dem Augenwinkel erblickte Mitch einen Baseball-Schläger, der oben auf den Schließfächern lag. Er streckte den Arm aus. Aber bevor Mitch ihn ergreifen konnte, bewegte er sich wie von selbst durch die Luft. Mitch blickte gerade noch rechtzeitig auf, um zu sehen, dass der Schläger direkt auf seinen Kopf niedersauste.

Mitch stolperte benommen gegen die Schließfächer. Wie durch einen Schleier hindurch sah er, dass der Schläger über seinem Kopf schwebte. Er hastete zur Seite, um ihm auszuweichen, als der offenbar von Dämonen besessene Schläger wieder auf seinen Kopf zielte. Er duckte sich, und der Schläger prallte gegen das Schließfach. Das Krachen des vom Schlag getroffenen Metalls hallte durch den leeren Umkleideraum, und Mitch versuchte abzuhauen, aber er war zu benommen, um sich schnell bewegen zu können. Der Schläger ging noch mal auf ihn nieder, und Mitch stürzte zu Boden.

Dieses Mal kam er nicht wieder hoch. Er lag ganz still auf dem Boden, und um ihn herum bildete sich langsam eine Blutlache.

»Denk daran, wen du zur Maikönigin wählen musst«, ermahnte Cordelia einen ihrer Klassenkameraden, als sie ihm eine Tafel Schokolade überreichte, die in Goldpapier eingeschlagen war. »Natürlich gibst du mir deine Stimme.«

Cordelia ging durch die Aula und gab jedem eine Schokolade, dem sie begegnete. Als sie auf Harmony stieß, hielt sie eine der kleinen Tafeln hoch. »Ist das nicht der *Hammer*? Ich bin ja so eine gute Wahlkampf-Strategin.«

Harmony nahm das Goldpapier vorsichtig in Augenschein. »C«, las sie. »Steht das für Cordelia?«

»Nein, für Wilma. Natürlich steht es für Cordelia, du Spatzenhirn! Auf diese Weise verbinden die Leute etwas ganz besonders Süßes mit mir.«

Sie händigte einigen Vorbeigehenden noch mehr Süßigkeiten aus. Als Buffy um die Ecke kam, streckte Cordelia ihr die Schokolade zunächst entgegen, zog sie dann aber schnell zurück. »Ich glaube, aus dem Lager der Bekloppten brauche ich keine Stimmen«, entschied sie.

Buffy sah, wie Cordelia und Harmony davonstolzierten und keinen Versuch unternahmen, ihren Abscheu vor ihr zu verbergen. »Ich mag sowieso keine Schokolade«, rief sie ihnen nach. »Nun ja, das war die schwächste Reaktion aller Zeiten«, murmelte sie dann verlegen in sich hinein.

»Hey!«, begrüßte Xander sie, als er mit Willow hinter ihr auftauchte. »Was führt Cordelia denn im Schilde?«

»Bestechung. Sie will unbedingt wieder Maikönigin werden.«

Xander lachte. »Cordelia, meine Güte, ist die geil auf Titel.«

Willow kicherte, da sie genau wusste, woran Xander gerade dachte. »Oh Gott, weißt du noch in der sechsten Klasse … der Ausflug? Als Cordelia …«

Xander prustete los. »Ja, genau! Der Typ mit den Hirschgeweihen auf seinem Gürtel …«

Willow legte ihre Hände an einen imaginären Gürtel und legte eine John-Wayne-Parodie hin, die sich sehen lassen konnte. »Ich ernenne dich zum Hilfssheriff.«

Xander brach beinahe zusammen vor Lachen, er konnte kaum an sich halten. »Und sie hatte den … mit dem Hut …«

»Der Hut!«, schrie Willow.

»Oh, Mann …«, stimmte Xander ein.

»Echt toll, dass wir hier in Zungen reden und ich euch so ungefähr gar nicht folgen dann«, meinte Buffy eingeschnappt, die ihre deprimierende Begegnung mit Cordelia noch immer nicht verdaut hatte.

Willow biss sich auf die Lippe, um zu versuchen, mit dem Lachen aufzuhören. »Tschuldigung.«

Auch Xander schluckte ein paar Gluckser hinunter. »Es war so, dass wir diesen ... naja, das kann kann man nicht wirklich erzählen, das muss man gesehen haben.«

»Es ist noch nicht mal lustig«, versicherte Willow Buffy. »Cordelia ist bloß dafür bekannt, dass sie ein bisschen übereifrig ist, wenn es um den Titel der Maikönigin geht.«

»Welche Idiotin möchte auch schon Maikönigin sein?«, fragte sich Xander.

»Ich war mal eine«, sagte Buffy leise und schlug den Blick nieder.

»Du warst was?«, Xander unternahm keinerlei Anstrengung, seine Überraschung zu verbergen.

»An meiner alten Schule.«

Xander spürte, wie ihm die Hitze in die Wangen stieg, als er vor Verlegenheit bis über beide Ohren rot wurde. »Also, nur die netten Idiotinnen möchten so was werden. Die Nicht-Idiotinnen, meine ich. Ich bin auch schon still.«

Buffy dachte an die Zeit in ihrer alten Schule zurück. Damals, als ich noch ein normales Mädchen war. Nicht Buffy die Jägerin. »Ich meine, bei uns hieß das damals nicht Maikönigin, aber es gab auch einen Ball, eine Krönung und all diesen Kram. Das war schön«, fügte sie wehmütig hinzu.

Über Xanders Gesicht huschte ein mitfühlendes Lächeln. »Na ja, diesen Kram brauchst du ja jetzt nicht mehr. Du hast ja uns.«

Willow konnte das Lachen, das sie die ganze Zeit unterdrückt hatte, nun nicht mehr länger zurückhalten. »Ich ernenne dich zum Hilfssheriff!«, wiederholte sie prustend.

Plötzlich stürzte ein Junge aus dem Baseball-Team der Schule in die Aula und unterbrach Willows erneuten Lachanfall. »Hey, Leute, kommt schnell her!«, rief er aufgeregt. Sofort rannte eine Schar von Schülern hinter ihm her in Richtung der Umkleideräume. Aber bevor irgendjemand zum Ort des Geschehens vordringen konnte, stellte der Schulleiter, Mr. Snyder, sich ihnen in den Weg.

»Irgendjemand hat Mitch zusammengeschlagen!«, informierte der Baseball-Spieler die rasch anwachsende Menschenmenge. »Ich glaube, er ist –«

»Tot?«, rief Mr. Snyder nervös dazwischen. »Natürlich nicht. Hier gibt es keine toten Schüler! *In dieser Woche*«, fügte er leise hinzu. »Und jetzt zurück mit euch. Macht Platz da, und zwar alle!«

Die Schüler sahen, wie Sanitäter Mitch auf einer Rollbahre aus dem Umkleideraum herausfuhren. Das große Sportass wirkte klein und zerbrechlich unter den kühlen weißen Krankenhauslaken. Seine Nase sah gebrochen aus, und überall auf seiner Haut waren Spritzer von getrocknetem Blut.

Wenn man ihn so ansah, konnte man leicht auf die Idee kommen, dass irgendein Mensch einen furchtbaren Groll gegen Mitch hegte. Aber Buffy wusste nur zu gut, dass es keine Menschen waren, die hinter den Gewaltausbrüchen in Sunnydale steckten. Sie fiel sofort in ihren Jägerinnen-Modus.

»Mitch, was ist passiert?«, fragte sie, als der Baseball-Spieler vorbeigeschoben wurde.

»Ich weiß es nicht«, murmelte Mitch unter Schmerzen. »Ich hab irgendwas gehört. Ich hab versucht, nach dem Schläger zu greifen … und dann hat er auf mich eingeschlagen.«

»Wer hat auf dich eingeschlagen?«

Mitch starrte Buffy in die Augen. »Der Schläger«, sagte er zu ihr, noch völlig unter der Einwirkung des Schocks stehend. »Ganz von allein. Das Ding ist durch die Luft geflogen! Und hat mich niedergeschlagen …«

Die Sanitäter trugen Mitch zum Krankenwagen, und Buffy warf Willow und Xander einen wissenden Blick zu. »Ich sehe mir besser mal den Tatort genauer an.« Sie ging rasch auf den Umkleideraum zu.

Leider hatte Mr. Snyder ganz andere Vorstellungen. »Wo willst du denn hin?«, fragte er schneidend.

Buffy war verblüfft, wie sehr der kleine, knopfäugige Schulleiter einer Ratte glich, wenn er mit Situationen wie dieser hier konfrontiert wurde. »Äh ... Mitch hat mich gebeten, ihm seinen ... Kamm zu holen«, stammelte Buffy. »Er hängt an seinem Kamm.« Okay, das war nicht gerade die beste Ausrede, aber vielleicht funktionierte es ja.

Dieses Glück blieb ihr jedoch verwehrt. »Ich glaube nicht, dass Mitch seinen Kamm im Augenblick braucht«, knurrte der Schulleiter. »Ich glaube vielmehr, Mitch braucht jetzt ärztliche Pflege, und du hältst dich vom Schauplatz des Verbrechens fern. Immer steckst du deine Nase in Angelegenheiten ...«

Glücklicherweise war Willow schnell mit einer Ablenkung bei der Hand. »Was hast du gesagt?«, rief sie laut genug, dass der Schulleiter es hören konnte. »Mitch wird die Schule verklagen?«

Das erregte Mr. Snyders Aufmerksamkeit – und zwar ganz und gar. »Verklagen? Wer?«, fragte er nervös.

»Na ja, sein Vater ist der mächtigste Anwalt von Sunnydale«, sagte Xander zu Willow.

»Moment mal! Was habt ihr beiden gehört?«, fragte Mr. Snyder nervös und vergaß dabei Buffy und den Umkleideraum.

»Mitchs Vater«, sagte Xander. »Der Anwalt. Haben Sie noch nie von ihm gehört?«

»Seine Kollegen nennen ihn ›Das Monster‹«, fügte Willow hinzu.

Während Mr. Snyder Willow und Xander befragte, schlüpfte Buffy rasch hinter seinem Rücken in die Umkleideräume. Mit den Lippen formte sie ein stilles »Danke« in Richtung ihrer Freunde, dann verschwand sie leise. Gut gemacht, Scoobies.

In der Jungenumkleide herrschte eine unheimliche Stille. Sie war jetzt vollkommen verlassen, aber Buffy registrierte sofort eindeutige Zeichen eines brutalen Kampfes. Einige Schließfächer waren zerbeult, und ein Baseball-Schläger stand aufrecht mitten in einem Blutfleck, der von Mitch stammte. Buffy streckte einen Fuß vor und trat zögerlich mit ihrem dicken Lederstiefel dagegen. Der Schläger rollte über den Fußboden – so wie es wahrscheinlich jeder normale Baseball-Schläger getan hätte. Okay, er war also nicht von Dämonen besessen.

Buffy wandte sich um und schaute sich im Raum um. Bis auf vier nebeneinander liegende Fächer in der Nähe waren alle Schließfächer geschlossen. Das erschien ihr sonderbar. Sie durchquerte rasch den Raum und schaute in eins der Schließfächer hinein. Leer. Buffy schloss das Fach. In diesem Moment erblickte sie das große rote S, das auf die Tür gesprayt worden war.

S?, wunderte Buffy sich. Was bedeutet das? Buffy betrachtete einen Moment lang die drei folgenden Schließfachtüren und schloss sie dann eine nach der anderen.

Auf jede Schließfachtür war ein einzelner roter Buchstabe gesprayt worden.

S E H T

»›Seht‹? Und das ist alles, was da stand?«, erkundigte Willow sich während des Mittagessens bei Buffy. Sie leckte sich einen Klecks Ketchup von den Fingern.

»Seht was?«, fragte Xander sich laut. »Seht euch Mitch an?«

Buffy zuckte die Achseln. »Vielleicht. Ich weiß nur, dass es eine Botschaft ist.«

»Und?«, fragte Xander.

»Und Monster hinterlassen normalerweise keine Botschaften«, erklärte ihm Buffy. »Da heißt es vielmehr einfach: ›Töten, vernichten, zerstören‹. Das hier ist etwas anderes.«

In diesem Moment trat Giles an den Tisch, an dem die drei saßen. »Ich würde sagen, da hast du Recht«, sagte er zu Buffy und setzte sich zu ihnen an den Tisch.

»Ich liebe es, wenn du das sagst.« Buffy lachte kurz auf. »Hast du irgendwelche Ideen?«

»Es ist ziemlich rätselhaft«, gab Giles zu. »Ich hab noch nie davon gehört, dass jemand von einem Baseball-Schläger angegriffen wurde.«

»Vielleicht ist es ein *Vampir*-Baseball-Schläger?«, warf Xander scherzhaft ein. Als er merkte, dass er der Einzige war, der über seinen Witz lachte, räumte er verlegen ein: »War wohl nicht lustig, was?«

Giles verdrehte die Augen, ignorierte Xander sonst jedoch. »Nun, wenn wir mal davon ausgehen, dass der Schläger selbst nicht besessen ist, gibt es ein paar Möglichkeiten, die man untersuchen müsste. Es könnte jemand mit telekinetischen Fähigkeiten gewesen sein – also jemand, der mit bloßer Willenskraft Dinge bewegen kann –, irgendein unsichtbares Wesen, oder möglicherweise ein Poltergeist.«

»Ein Geist?«, fragte Willow nervös.

Giles nickte. »Ja. Einer von der bösartigen Sorte.«

»Ja«, sprang Buffy ihm zur Seite, »in der Umkleide hat sich ganz schön was abgespielt.«

»Wenn es ein Geist ist, haben wir es dann mit dem Geist eines toten Schülers zu tun?«, fragte Willow.

»Ich nehme es an«, stimmte Buffy ihr zu. »Warum stellst du nicht eine Liste der Schüler zusammen, die gestorben sind oder vermisst werden, Willow? Das wäre doch schon mal ein Anfang.«

»Und ich werde alle genannten Möglichkeiten überprüfen«, fügte Giles hinzu. »Geister inklusive. Xander, darf ich dabei mit deiner Hilfe rechnen?«

Xander verzog das Gesicht. Er hasste diesen Teil des Jägerdaseins. »Wie, gibt es jetzt schon Hausaufgaben?«, fragte er.

»Das ist alles ein Teil der glamourösen Welt der Vampirjagd«, neckte Buffy ihn.

Xander blickte mürrisch drein. »Und was hast *du* jetzt vor?«, wollte er wissen.

»So viel über Mitch herauszufinden, wie ich kann«, erwiderte Buffy. »Dieser Angriff hat nicht zufällig ihn getroffen.«

»Ich finde, das sollte ich übernehmen«, meinte Xander.

Buffy zuckte mit den Achseln. »Na schön. Hör dich um. Rede mit seinen Freunden. Rede mit ... *Cordelia.*«

Das klang auch nicht besser, als in der Bücherei zu arbeiten. Es klang sogar ziemlich schrecklich. Er wandte sich an Giles. »Wir widmen uns also der Recherche, nicht wahr?«

Während Buffy und ihre Freunde damit beschäftigt waren, durchgeweichte Schulbrote zu verdrücken, saßen Harmony und Cordelia in der oberen Aula und besprachen das Schicksal von Cordelias Ballbegleitung. Die beiden Mädchen hätten einem Modekatalog entstammen können – Cordy in ihrem himmelblauen Pulli und ihrem langen braunen Haar, das lockig auf ihre Schultern fiel. Und Harmony mit ihrem blonden Pferdeschwanz, der von einer grünen Spange zusammengehalten wurde, die farblich genau auf Harmonys hellblaue Jacke abgestimmt war.

»Du warst nicht im Unterricht«, merkte Harmony an.

Cordelia bediente sich an einem Wasserautomaten in der Nähe, trank einen Schluck und erklärte dann: »Ich war im Krankenhaus.«

Harmony nickte verständnisvoll. »Mitch. Wie geht es ihm? Wird er wieder ganz gesund?«

Cordelia nickte langsam. »Der Arzt hat gesagt, es ginge ihm gut. Er kann morgen nach Hause.« Sie wischte sich ein paar verzweifelte Tränen aus den Augen. »Oh, du hättest ihn sehen sollen, wie er da lag. Ganz grün und blau ...«

Harmony sah ihre Freundin verwundert an. Sie hatte noch nie erlebt, dass Cordelia einem anderen menschlichen Wesen so viel Mitgefühl und Liebe entgegenbrachte.

»Wie wird er bloß auf unseren Fotos vom Abschlussball aussehen?«, fragte Cordelia mit aufsteigender Panik in der Stimme. »Wie soll ich sie denn jemals jemandem zeigen können?«

Harmony legte ihren Arm um Cordelia. »Heutzutage kann man das alles wunderbar wegretuschieren«, versicherte sie ihr.

»Meinst du?«, fragte Cordelia hoffnungsvoll.

Die beiden Mädchen waren so in ihre Sorgen versunken, dass sie gar nicht bemerkten, dass jemand zu ihnen getreten war. Die stille Beobachterin stand da und betrachtete die Mädchen schweigend. Sie war nicht weiter überrascht, dass Cordelia ihre Anwesenheit im Raum nicht spürte, denn die Cheerleaderin bemerkte nie jemanden außer sich selbst.

Das Bild der zwei perfekt aussehenden Mädchen, die dort beim Wasserautomaten standen, erinnerte sie an etwas, das sechs Monate zuvor geschehen war, genau an dieser Stelle. Es war eine Erinnerung, die sie lange Zeit in ihrem Gedächtnis vergraben hatte.

Cordy und Harmony hatten am Wasserautomaten gestanden und über Mitch und seine ehemalige Freundin gesprochen. Wie immer hatten sie makellos gewirkt – Cordy mit ihrem perfekten Styling und Harmony mit ihrem langen, wallenden blonden Haar. Sie wirkten unnahbar. Was sie natürlich auch waren.

»Hast du Mitch gesehen?«, hatte die stille, unscheinbare Passantin Cordelia fragen hören. »Er hat vor ungefähr acht Sekunden mit Wendy Schluss gemacht und baggert schon die Nächste an.«

»Das ist schamlos«, hatte Harmony geantwortet.

»Im Frühling, wenn er im Baseball-Team der Schule ist, werde ich vielleicht eine Probefahrt mit ihm machen.« Cordelia hatte angefangen zu lachen – bis sie das kurzhaarige, sommersprossige Mädchen bemerkte, das sie anstarrte.

»Hallo ihr zwei«, hatte das Mädchen vorsichtig gesagt, in der Hoffnung, wenigstens ein Fünkchen Aufmerksamkeit von den beiden zu bekommen.

Aber ihr war nichts als pure Verachtung entgegengeschlagen. »Was willst du?«, hatte Cordelia sie angeblafft.

Diese Worte aus dem Mund der Cheerleaderin hatten die stille Zuschauerin damals genauso getroffen, als hätte Cordy ihr direkt ins Gesicht geschlagen. Aber das war damals. Heute wusste das stille, unauffällige Mädchen, dass Cordelia ihr nicht mehr wehtun konnte. Das Blatt hatte sich gewendet, und die heimliche Beobachterin befand sich nun auf der mächtigeren Seite. Sie konnte Cordelia das Leben zur Hölle machen *... wann immer ihr danach war.*

Dieses Wissen zauberte ein Lächeln auf ihr Gesicht, vor allem da Cordelia in diesem Augenblick keine Ahnung hatte, dass sie überhaupt etwas zu befürchten hatte – außer mit einem zerschundenen und daher unattraktiven Begleiter zum Abschlussball gehen zu müssen.

Die Beobachterin folgte Cordy und Harmony lautlos, als sie zur Treppe gingen, um zu ihrem nächsten Kurs zu eilen.

»Ich hoffe bloß, dass irgendjemand ihn so lange aufrecht halten kann, bis das Foto gemacht ist«, seufzte Cordelia.

»Cordelia, kann ich dich mal sprechen?« Ihr Gespräch wurde von Buffy unterbrochen, die ihnen durch den Flur nachrief.

Cordelia und Harmony, die schon fast am oberen Treppenabsatz angekommen waren, hielten an und drehten sich zu Buffy um.

»Na, großartig«, bemerkte Cordelia, um Buffy abzuwimmeln, als wäre sie ein Floh.

»Warum muss die dauernd –«, begann Harmony. Dann kippte sie plötzlich aus unerklärlichen Gründen nach hinten und stürzte die Stufen hinunter. Harmonys schlanker Körper prallte gegen das Geländer und landete am Fuß der Treppe.

Mr. Snyder kam gerade vorbei und hörte Harmonys gequältes Stöhnen. »Um Himmels willen!«, rief er aus, als er die Gestürzte bemerkte. »Alle zurückbleiben! Sorgt dafür, dass sie Luft bekommt!« Er zeigte auf einen Schüler auf der Treppe. »Du! Hol den Schularzt! Sofort!«, befahl er.

Cordelia und Buffy eilten Harmony sofort zu Hilfe. Harmony hielt das Hosenbein ihres hellblauen Hosenanzugs umklammert und stöhnte noch einmal laut auf. »Mein Fußgelenk. Ich glaube, es ist gebrochen.«

Cordelia rang nervös die Hände, sagte jedoch nichts.

»Was ist passiert?«, erkundigte sich Buffy bei Harmony.

Mr. Snyder warf Buffy einen wütenden Blick zu. »Hey! Wer ist denn hier der Schulleiter?«, fragte er vorwurfsvoll. Er wandte sich Cordelia zu und fragte extra: »Was ist passiert?«

»Sie ist einfach gestürzt!«, rief Cordelia aus. »Wir standen oben an der Treppe, und sie ist einfach gestürzt! Ganz von allein!«

»Nein! Ich bin geschubst worden!«, behauptete Harmony.

Buffy zweifelte keine Sekunde daran, dass Harmony geschubst worden war. Die Frage war nur, von wem. Während sie davonging, hörte sie, wie Harmony kreischte.

»Bitte reich keine Klage ein«, bettelte Schulleiter Snyder.

Die Jägerin hörte ein seltsames, böses Kichern hinter sich und fuhr herum, doch da war niemand ... absolut niemand.

Hier ging definitiv etwas höchst Seltsames vor. Das wurde umso deutlicher, als sich eine nahe gelegene Tür öffnete und wieder schloss – ganz von allein. Dies war genau die Art von

Aufforderung, die eine Jägerin nicht ablehnen konnte. Buffy eilte zu der Tür.

In wenigen Sekunden war sie da. Doch wer auch immer diese Tür geöffnet hatte, war längst verschwunden. Oder wenigstens schien es so. »Ist da jemand?«, fragte Buffy vorsichtig.

Sie bekam keine Antwort. Plötzlich wurde Buffy von irgendetwas so heftig gestreift, dass sie fast gegen die Tür geknallt wäre. »Hey? Wer ist ...«, begann Buffy, während sie versuchte, ihr Gleichgewicht wieder zu finden. Aber bevor sie den Satz beenden konnte, öffnete und schloss sich eine andere Tür. Blitzschnell rannte Buffy dort hin.

Diese zweite Tür führte zum Orchesterraum. Buffys ließ ihre grünen Augen rasch durchs Zimmer wandern: Notenständer, Notenblätter, Gitarrenplättchen und Instrumentenkästen befanden sich da, wo sie hingehörten. Aber es war niemand im Raum. Wenigstens soweit Buffy sehen konnte. Okay, also eine unsichtbare Person. Ich hab's kapiert, folgerte die Jägerin für sich.

Dann rief sie der Person – oder was auch immer es sonst sein mochte – möglichst unbefangen zu: »Okay, ich weiß, dass hier irgendjemand ist. Ich tu dir nichts, ich möchte einfach nur mit dir reden.«

Sie bekam immer noch keine Antwort. Es gab nicht das leiseste Anzeichen dafür, dass noch jemand im Raum war – außer einem winzigen Detail. Eine der Deckenplatten im Orchesterraum war entfernt worden und gab den Blick auf den leeren Boden darüber frei. Die Jägerin lag auf der Lauer, ihr Körper war bereit zum Kampf, während sie sich fragte, ob sich nun jede Sekunde jemand von oben auf sie stürzen würde.

Aber niemand erschien, und es wurde deutlich, dass es für Buffy in diesem Moment zu keinem Kampf mit einem übernatürlichen Wesen kommen würde. Sie verließ seufzend den Raum. Was auch immer da drinnen gewesen war, es war verschwunden.

Oder auch nicht.

In Wahrheit gab es doch noch jemand, der sich in dem Raum aufhielt: Sie wollte bloß nicht gefunden werden ... noch nicht. Nicht bevor sie nicht die Gelegenheit gehabt hatte, eine Zeitlang in Cordelias perfektem Leben herumzupfuschen.

Als die Tür zufiel, streckte Cordelias unbekannte Verfolgerin die Hand aus und rückte die Deckenplatte wieder an ihre Stelle.

Es war das Beste, im Verborgenen zu bleiben – erst einmal.

»Hast du jemals einen Geist berührt, Giles?«, fragte Buffy, als die *Scooby-Gang* sich am Ende des Schultags draußen vor der *Sunnydale High* versammelte.

Von den Hunderten von Kindern, die aus dem Schulgebäude strömten, hätte wohl jedes diese Frage merkwürdig gefunden. Doch die *Scoobies* standen innerhalb der Schulhierarchie so weit unten, dass niemand je auf die Idee gekommen wäre, sie zu belauschen. Aus diesem Grund konnten die drei Schüler und der Bibliothekar arglos über den Schulrasen spazieren und über die übernatürlichen Ursachen der neuesten Krise diskutieren.

Giles schüttelte den Kopf. »Nein, habe ich nicht. Nach dem, was ich gelesen habe, ist es jedoch eine sonderbare Erfahrung, wenn ein Geist durch einen hindurchgeht. Es fühlt sich kalt und formlos an, sodass einem die Haare zu Berge stehen.«

Buffy nickte ganz leicht, während sie diese neue Information in sich aufnahm. »Okay, genau das ist mein Problem«, sagte sie zu den anderen. »Ich habe das Ding berührt. Es ist nicht durch mich hindurchgegangen, sondern es ist gegen mich geprallt. Und es war nicht kalt.«

Xander sah sie neugierig an. »Und was sagt uns das?«, fragte er. »Dass wir über eine unsichtbare Person reden?«

Buffy nickte. »Ein Mädchen. Sie hat gelacht.«

»Ein Mädchen dieser Schule, das sich unsichtbar machen kann«, sagte Giles langsam.

»Mann, das ist ja vielleicht cool!«, rief Xander.

Willow sah ihn komisch an. »Cool?«

»Ich würde alles dafür geben, mich unsichtbar machen zu können«, versicherte Xander ihr. Als er Buffys Blick bemerkte, fügte er hinzu: »Na ja, ich würde dann ja niemanden zusammenschlagen. Ich würde meine Fähigkeit dazu nutzen, die Umkleideräume der Mädchen zu beschützen.«

Giles ignorierte Xanders plötzliche Hormonausschüttung. »Es ist wahrscheinlich eine schrecklich aufregende Erfahrung, diese Fähigkeit zu besitzen«, meinte er nachdenklich.

»Aber woher hat sie sie? Ist sie eine Hexe? Mit einer Hexe könnten wir es nämlich aufnehmen«, fügte Willow optimistisch hinzu.

Xander dachte einen Augenblick nach. »In den griechischen Mythen ist von Umhängen die Rede, die unsichtbar machen, aber die sind normalerweise den Göttern vorbehalten«, sagte er zu den anderen.

Woher wusste er denn das? Buffy, Willow und Giles unternahmen nicht den geringsten Versuch, ihre Verwunderung über Xanders Äußerung zu verbergen.

Xander zog scherzhaft die Augenbrauen hoch und grinste. »Der Recherche-Spezialist breitet seine neuen Kenntnisse aus«, gratulierte er sich selbst.

Es mochte ja durchaus ein tolles Recherche-Ergebnis sein, aber Buffy war nicht davon überzeugt, dass es der Situation angemessen war. »Dieses Mädel ist aber für eine Gottheit ganz schön kleinkariert«, erklärte sie.

»Sie ist offenbar ganz schön sauer«, stimmte Willow ihr zu. »Aber wieso ausgerechnet auf Harmony?«

»Harmony und Mitch«, erinnerte Xander sie. »Und der gemeinsame Nenner ist in diesem Fall …«

»Cordelia«, beendete Buffy seinen Gedanken.

»Was sollen wir also jetzt tun?«, fragte Willow Buffy.

»Stell morgen früh als Erstes diese Liste mit den Schülern zusammen, die verschwunden sind«, schlug Buffy vor.

Willow nickte. »Alles klar. Bis dann also.«

»Ja, bis dann.«

»Tschüs«, rief Xander und beeilte sich, mit Willow Schritt zu halten. »Warum kommst du nicht mit zu uns zum Mittagessen?«, fragte er sie, während sie davongingen. »Meine Mutter macht heute wieder ihren berühmten Anruf beim Chinesen.«

Willow lachte. »Schon wieder? Habt ihr überhaupt einen Herd zu Hause?«

Buffy blieb neben Giles stehen und beobachtete neidisch, wie ihre beiden Freunde nach Hause gingen. Obwohl sich alle aus der *Scooby-Gang* in den letzten Monaten gleichermaßen der Gefahr ausgesetzt hatten, war das Leben für Willow und Xander dennoch leichter als für Buffy. Sie konnten nach Hause gehen und sich einen schönen Abend machen, aber eine Jägerin hatte niemals Feierabend.

Giles wandte sich ihr zu. »Ich versuche herauszufinden, wie man eine unsichtbare Person sichtbar machen kann. Und du?«

»Ich glaube, Cordelia wird sich um ihre Aufmachung für den Schulball kümmern. Könnte sein, dass da was los ist. Es wird Zeit, dass ich auf die Jagd gehe.«

»Und wie willst du jemanden jagen, den du nicht sehen kannst?«, fragte Giles. »Vielleicht musst du jetzt ja tatsächlich mal anfangen, genau zuzuhören, was die Leute sagen«, fügte er sarkastisch hinzu.

»Sehr witzig«, erwiderte Buffy.

»Dachte ich mir«, stimmte Giles ihr zu.

Eins zu null für den Wächter.

An diesem Abend kehrte Buffy in die *Sunnydale High School* zurück. Das Gebäude lag still, kalt und verlassen da. Der Name Sunnydale wirkte zu dieser Tageszeit seltsam unpassend; statt sonnig und hell, waren die Flure nur schwach beleuchtet und voller Schatten.

Buffy ging kein Risiko ein. Sie hatte keine Ahnung, wo dieses unsichtbare Mädchen sich versteckt halten mochte – oder was sie noch für Pläne auf Lager hatte. Buffy trug ihre komplett ausgerüstete Jägerinnen-Tasche über der Schulter. Darin lagen Messer, Pflöcke und andere Jagdutensilien griffbereit. Ihr Herz pochte, ihr Körper setzte Adrenalin frei, alle ihre Sinne waren in Alarmbereitschaft, und jeder ihrer Schritte war genau überlegt. Sie befand sich zu Hundert Prozent im Jägerinnen-Modus.

»Hallo? Unsichtbare Person?«, rief sie in den leeren Flur hinein.

Niemand antwortete.

»Ich weiß, dass du hier bist«, fuhr Buffy fort. »Ich weiß, dass ich dich nicht sehen kann. Das ist ein guter Trick. Hast du Lust, ihn mir beizubringen?«

Jetzt hörte Buffy, wie in der Dunkelheit jemand kicherte. Das Kichern kam aus einem Klassenzimmer am Ende des Gangs. Durch die offene Tür fiel helles Licht in den Flur hinein. Buffy bewegte sich rasch auf das Licht zu und spähte in den Raum.

Buffy seufzte schwer, als sie begriff, dass das Lachen nicht von dem unsichtbaren Mädchen stammte. Es war von einer der vielen Bewunderinnen Cordelias gekommen, die sich im Klassenzimmer versammelt hatten, um fröhlich an ihren Kostümen für den Schulball zu basteln. Cordelia stand wie gewöhnlich mitten im Raum und genoss die Bewunderung der Mädchen aus ihrem Gefolge. Zwei ihrer Bewunderinnen halfen ihr, den Saum für ihr schimmerndes, neues, mit Pailletten besetztes Kleid aus pfirsichfarbenem Satin und Taft abzustecken. Wenn sie sich um die eigene Achse drehte, schien der Stoff im Licht zu glänzen. Buffy musste zugeben, dass Cordelia wunderschön aussehen würde. Wie eine Prinzessin. Beziehungsweise eine Königin – die Maikönigin.

Buffy blickte an ihrer eigenen Jägerinnen-Jacke aus schwarzem Leder herab und seufzte. Es war mehr als nur ein bisschen Eifersucht, was sie beim Anblick von Cordelia und ihren Freundinnen empfand, die vor lauter Vorfreude lachten. Kleider. Tänze. Alles Dinge und Erfahrungen, die anderen Mädchen vorbehalten blieben. Für sie würde die Ballnacht zauberhaft werden, voller Romantik und Musik. Für Buffy bestanden die meisten Nächte aus Begegnungen mit Vampiren, Hexen und seit neuestem auch unsichtbaren Mädchen. Unheimlichen, schleimigen Dingen. Dingen aus dem Reich des Bösen.

Plötzlich hörte Buffy ein anderes Geräusch, das von weit her aus dem Inneren des Schulgebäudes drang. Das war kein Lachen. Das war Musik – eine einzelne Flöte, die ein schauriges Lied spielte. Buffy stand allein im dunklen Flur und lauschte der traurigen Melodie. Es war das Traurigste, was sie je gehört hatte.

Giles, der sich allein in der Bibliothek aufhielt, um noch spätabendliche Recherchen anzustellen, erstarrte. Die Melodie einer zarten Flötenmusik hatte seine Aufmerksamkeit geweckt. Doch die Musik endete genauso plötzlich, wie sie begonnen hatte. Giles zuckte mit den Achseln und nahm seine Studien wieder auf, aber nur für eine Sekunde. Ein Geräusch in dem ansonsten leeren Raum wies ihn darauf hin, dass sich außer ihm noch jemand in der Bibliothek aufhielt. Ein uneingeladener Gast.

»Wer ist da?«, fragte Giles, wobei er versuchte, sich seine Nervosität nicht anmerken zu lassen. Der Bibliothekar spähte vorsichtig hinter seinem Bücherstapel hervor … und sah niemanden. Als er aufstand und an den Bücherregalen entlangging, warf er einen Blick auf sein Spiegelbild in den dunklen Fenstern der Bibliothek. Nur er selbst spiegelte sich darin.

Aber Giles war nicht allein. Als er sich wieder umwandte, stand er frontal vor einem groß gewachsenen, dunkelhaarigen Mann, der nicht älter als zwanzig oder einundzwanzig aussah. Aber Giles wusste es besser. Dies war kein Mann. Es war Angel, ein 241 Jahre alter Vampir und Objekt von Buffys Zuneigung. Giles blickte noch einmal zum Fenster. Wieder war darin nur die Reflexion seines eigenen Gesichtes zu sehen.

»Natürlich«, murmelte Giles laut. »Vampire haben kein Spiegelbild.« Er warf einen Blick zur Tür, um im Geiste den Weg zum nächstgelegenen Ausgang abzuschätzen.

»Keine Sorge«, versicherte Angel ihm. »Ich bin nicht hier, um zu essen.«

Giles nickte. »Buffy hat mir erzählt, dass du dich nicht mehr von Menschen ernährst.«

»Schon lange nicht mehr«, bestätigte Angel.

»Was ist der Grund, weswegen du hier bist?«, fragte Giles. »Um Buffy zu treffen?«

Angel schüttelte den Kopf. »Ich kann nicht«, sagte er, unfähig den Schmerz in seiner Stimme zu verbergen. »Ich ertrage es nicht, in ihrer Nähe zu sein.«

Welche Ironie des Schicksals. Giles' Tonfall wurde weicher. »Ein Vampir, der in eine Jägerin verliebt ist«, überlegte er laut. »Das ist auf eine sentimentale Art ziemlich poetisch. Na ja, was kann ich für dich tun?«

»Ich weiß, dass du Recherchen über den Meister angestellt hast.«

Giles nickte. »Den König der Vampire. Ja, ich versuche, so viel über ihn herauszufinden, wie ich kann … für den Tag, an dem Buffy ihm gegenübertreten muss. Aber ich fürchte, ich habe noch nicht viel herausgefunden.«

Angel blickte Giles aufmerksam in die Augen, um sicherzugehen, dass der Bibliothekar seinen Worten auch Beachtung schenken würde. »Wie ich kürzlich erfahren habe ... von ...«, Angels Stimme wurde düster und unheilvoll, »von Wesen, denen du sicherlich nur ungern begegnen würdest, ist bereits irgendetwas im Gange – irgendetwas Großes. Aber ich weiß nicht, was. Du hast doch alle überlieferten Lehren über das Jägertum gelesen, nicht wahr?«

Giles schüttelte den Kopf. »Ich habe natürlich alle vorhandenen Bände studiert«, erklärte er. »Aber die wichtigsten Bücher der Jäger-Prophezeihung sind verloren gegangen. Das *Tiberius Manifesto*, der *Pergamum Codex* ...«

»Der *Codex* ...«, wiederholte Angel.

»Ihm wurde nachgesagt, dass er die vollständigste Prophezeiung über die Rolle des Jägers in der Endzeit enthält. Aber das Buch ging im fünfzehnten Jahrhundert verloren«, fügte Giles bedauernd hinzu.

Angel schüttelte seinen Kopf. »Es ging nicht verloren, es wurde *verlegt*. Ich kann es dir besorgen.«

Giles sah ihn voller Erstaunen und aufrichtiger Dankbarkeit an. »Das wäre mir eine große Hilfe.« Er sah nach unten auf den Bücherstapel, der neben ihm lag. »Meine eigenen Bücher scheinen mir in letzter Zeit reichlich nutzlos zu sein.«

Angel hob einen der riesigen Bände hoch. Er war sehr alt und verstaubt und offensichtlich häufig gelesen worden. Er betrachtete neugierig den ledernen Buchrücken. Das Buch kam ihm gar nicht bekannt vor. »*Die Legenden des Vishnu*?«

»Ein unsichtbares Mädchen terrorisiert gerade die Schule«, erklärte Giles.

Angel zuckte mit den Achseln und legte das Buch wieder hin. »Oh, das ist nicht gerade mein Spezialgebiet.«

»Meins auch nicht, fürchte ich«, erwiderte Giles. »Aber unsichtbar zu sein ist ein faszinierender Gedanke. Und auf jeden Fall ist es eine wunderbare Fähigkeit, wenn man sie besitzt.«

Angel war sich da nicht so sicher. »Ich weiß nicht ... Jeden Tag in den Spiegel zu sehen und nichts darin zu sehen ist ein Vergnügen, das überschätzt wird.«

Giles hörte das schmerzliche Sehnen in Angels Stimme, sagte jedoch nichts, als er dem Blick folgte, den der Vampir in die dunkle Fensterscheibe warf. Der Bibliothekar wandte sich um und wollte dem um Fassung ringenden Vampir etwas Nettes sagen, doch der war bereits in die Nacht hinaus entschwunden.

Am nächsten Nachmittag hatten sich fast alle Schüler im Innenhof versammelt und warteten gespannt darauf, dass die Gewinnerin des Wettbewerbs um den Titel der Maikönigin verkündet wurde. Die einzige Person, die nicht gespannt auf Cordelias Siegerinnen-Ansprache wartete, war die stille Beobachterin, die der ehemaligen und zukünftigen Maikönigin immer dicht auf den Fersen war.

Im Moment hielt sie sich in der nahe gelegenen Mädchentoilette auf und durchlebte in ihrer Erinnerung noch ein weiteres übles Zusammentreffen mit dem Objekt ihrer Verachtung. Dieser Augenblick konnte für Cordy keine große Bedeutung gehabt haben. Wahrscheinlich war er auf ihrem Radarschirm nicht einmal registriert worden. Aber für das stille Mädchen war er ein demütigender Wendepunkt in ihrem Leben gewesen.

Die stille Außenseiterin erinnerte sich daran, als wäre es gestern gewesen. Cordelia, Harmony und noch eine weitere Anhängerin Cordelias waren eifrig damit beschäftigt gewesen, sich vor dem Spiegel zurechtzumachen und sich über die Schrecken der älteren Generation lustig zu machen. Sie waren so in ihr Gespräch versunken gewesen, dass sie nicht einmal bemerkt hatten, dass sich noch ein viertes Mädchen im Toilettenraum aufhielt.

»Nie wieder werde ich mich durch einen von diesen Vorträgen ehemaliger Absolventen quälen«, meinte Cordelia lachend. »Zwei Stunden lang ›Meine Wanderung durch Nepal‹. Hallo? Das interessiert doch kein Schwein!«

»Habt ihr sein Toupet gesehen?«, hatte die stille Außenseiterin eingeworfen. »Es sah aus wie ein Kohlkopf.«

Cordelia hatte sie nicht einmal angesehen. »Und diese Dias«, fuhr sie fort. »Dies ist ein Berg. Ja, und das ist auch ein Berg. Lasst uns also jetzt mal einen Blick auf Berge werfen.«

Harmony hatte über die haargenaue Imitation gelacht, die Cordelia von dem langweiligen Vortragenden gegeben hatte. »Ich schwöre euch, es waren bloß drei Dias, und die hat er immer und immer wieder von vorn gezeigt«, fügte sie hinzu.

»Habt ihr sein Toupet bemerkt?«, hatte die Beobachterin noch einmal gefragt.

Harmony schien zum ersten Mal bemerkt zu haben, dass sich eine vierte Person im Toilettenraum aufhielt. Sie drehte sich um und fuhr sie an: »Wir unterhalten uns hier, okay?«

Während die drei Freundinnen den Raum verließen, hatte Cordelia kichernd gesagt: »Ach! Und habt ihr euch dieses wahnsinnige Toupet angesehen? Ja, es ist echt wahr. Es sah aus wie ein Kohlkopf.«

Während sie nun allein hier im Toilettenraum stand und die Missachtungen der Vergangenheit rekonstruierte, fühlte sich Cordelias Rachegöttin einmal mehr in ihrem Entschluss bestärkt, dafür zu sorgen, dass die angehende Maikönigin ihr die nötige Beachtung zollte.

Sie würde ihr gar keine andere Wahl lassen.

»Vielen Dank dafür, dass ihr die richtige Wahl getroffen habt und mir zeigt, wie sehr ihr mich mögt.«

Die Gruppe der versammelten Schüler jubelte bei diesen Worten Cordelias laut auf.

Buffy kam gerade rechtzeitig im Innenhof an, um die Rede zu hören, mit der Cordelia ihren Titel annahm. Sie schob sich durch die Menge der Bewunderer. Diese Szene hatte etwas Surreales: So, als würde eine Herde gut gekleideter Schafe blökend ihrer Königin zujubeln.

Buffy stieß einen leisen Seufzer der Erleichterung aus, als Willow und Xander in der Menge zu ihr stießen. Endlich sympathische Gesichter!

»So beliebt zu sein ist nicht nur mein gutes Recht«, versicherte Cordelia der Menge. »Es ist meine Pflicht, und ich möchte, dass ihr wisst, dass ich diese Pflicht ernst nehme.«

Buffy, Willow und Xander sahen sich an und lachten leise über das, was offenbar nur sie für einen Witz hielten. Aber da sie sich abwandten, verpassten sie den Moment, in dem Cordelia auf dem Rednerpodest leicht stolperte, als hätte sie jemand unbemerkt angerempelt.

»Giles hat uns gesagt, du seiest hier«, sagte Xander zu Buffy. »Aber *warum* bist du hier?«

»Die letzte Nacht war eine Pleite«, erklärte Buffy, »aber ich glaube immer noch, dass Cordy in dieser Angelegenheit eine Schlüsselrolle spielt.«

Willow überreichte Buffy einen Stapel von frisch bedrucktem Papier. »Die Liste der toten und vermissten Mädchen«, erklärte sie. »Die meisten sind nie wieder aufgetaucht. Ich habe ihre Klassen, ihre Hobbys und ihre Krankenakten überprüft ...«

»Gute Arbeit«, lobte Buffy sie.

Willow warf einen Blick zurück und bemerkte neben der Bühne zwei Männer, die im Schatten der Büsche herumlungerten. Sie waren schwarz gekleidet und trugen extrem glänzende Lederschuhe. Die sahen fast wie die Geheimagenten aus, die man im Gefolge des Präsidenten sah. Absolute *Men in Black*.

»Hat Cordelia Bodyguards engagiert oder so was?«, murmelte sie.

Xander sah zu den Männern hin, aber Buffy hatte sich bereits in die neue Liste vertieft. »Wow! Seht euch das an! Die Letzte, Marcie Ross, ist erst vor sechs Monaten verschwunden.«

»Ich kenne sie nicht«, sagte Xander.

»Ich auch nicht«, meinte auch Willow.

Buffy überflog rasch das Informationsblatt. »Na ja, die einzige AG, die sie besucht hat, war das Orchester. Sie spielte Flöte.« Sie schaute in die Ferne, während ihr Gehirn diese Information verarbeitete.

»Und?«, hakte Willow nach.

»Ich habe gestern Abend eine Flöte gehört«, erklärte Buffy. »Und es war auch der Orchesterraum, in dem ich unsere Miss Unsichtbar gestern verloren habe. Das ist eine Spur. Ich habe jetzt eine Freistunde. Ich werde das nachprüfen.«

»Okay«, meinte Xander zustimmend, während er mit Willow zum Schulgebäude schlenderte. »Wir sehen uns dann nach der Mathe-Stunde.«

Als Buffy davonging, um das unsichtbare Mädchen zu suchen, konnte sie Cordelia hören, die noch immer zu den Massen sprach. »Kommt also zu meiner Krönung ins *Bronze*. Dann werdet ihr einen Abend erleben, den ihr niemals vergessen werdet.«

Während Cordy monoton weiterredete, bewegte sich Buffy langsam auf den Orchesterraum zu, in der Hoffnung, dort auf das unsichtbare Mädchen zu treffen. Sie ging leise hinein und zog vorsichtig ihre Kreise, wobei sie nach irgendwelchen Anzeichen für die Anwesenheit eines anderen menschlichen Wesens Ausschau hielt. Durch das Fenster fiel helles Sonnenlicht. In einem Lichtstrahl erblickte Buffy feine Staubkörner, die von der Decke rieselten. Sie blickte auf. Wieder stand dieselbe Deckenkachel ein bisschen schief. Die Jägerin kletterte vorsichtig an den Regalen des Orchesterraums hoch, stieß die Platte zurück und steckte ihren Kopf durch das Loch in der Decke.

Im Raum darüber herrschte Dunkelheit; das einzige Licht, das es hier gab, drang hinter einem Ventilator am Fenster hervor, der trockene, abgestandene Luft durch den Hohlraum blies. Hier war offenbar das Versteck des unsichtbaren Mädchens. Buffy zog sich durch das Loch nach oben, wobei sie darauf achtete, keines der Kabel zu berühren, die gefährlich von der Decke herabhingen.

Nachdem sie durch das Loch in der Decke gekrochen war, sah Buffy sich erstaunt um. Der Raum war klein und voll gestopft, aber er enthielt alles, was ein Teenager brauchte: Wolldecken und Kissen, Junkfood und Bücher. Auf einer der Decken lagen eine silberfarbene Flöte und ein paar Notenblätter. Buffy hockte sich hin und hob einen kleinen, braunen Teddybären auf. Zärtlich strich sie über das weiche pelzige Ohr des Bären. Dieses einsame Stofftier hatte etwas extrem Trauriges an sich. Etwas Wehmütiges, Melancholisches, wie die Flötenmusik, die sie am Abend zuvor gehört hatte.

Buffy streckte den Arm aus und hob ein Jahrbuch hoch, das zwischen den anderen Gegenständen versteckt war. Sie öffnete den Buchdeckel und las den Namen, der auf die erste Seite geschrieben war. »Marcie Ross«, las sie leise. »Du bist es also.« Buffy schlug das Buch auf und begann die Mitteilungen zu lesen, die andere Schüler auf die Seiten gekritzelt hatten. Sie war so in das Jahrbuch vertieft, dass sie das scharfe Messer nicht bemerkte, das hinter ihr gefährlich in der Luft schwebte und auf sie einstechen würde, sobald sie der unsichtbaren Person zu nahe kam, die es in der Hand hielt.

Aber Buffy kam Marcie Ross nicht zu nahe. Stattdessen nahm sie das Jahrbuch und verließ leise Marcies Unterschlupf.

»Cordelia, sag bloß, du bist mal pünktlich?«, fragte Ms. Miller ungläubig. Die Lehrerin war gerade dabei, Klausuren zu benoten, und wartete auf Cordelia, die mit ihr über ihr Shakespeare-Referat sprechen wollte. Sie schaute kaum auf, als sie hörte, dass sich die Tür zum Klassenraum öffnete. Niemand antwortete ... und niemand war an der Tür. Ms. Miller zuckte mit den Achseln. Sie musste sich vertan haben. Die Lehrerin schaute wieder nach unten und fuhr mit ihrer Benotung fort. Dann hörte sie plötzlich ein hohes, fast wahnsinnig klingendes Kichern hinter sich. »Wer ist da?«, fragte sie nervös.

Aber mit einem Mal wurde es still. Jemand packte die Lehrerin von hinten und stülpte mit erschreckender Geschwindigkeit eine Plastiktüte über ihren Kopf. Ms. Miller schlug wild um sich und versuchte, ihren unsichtbaren Angreifer zu erwischen, aber es war zwecklos. Innerhalb weniger Sekunden brach die Englischlehrerin über ihrem Schreibtisch zusammen.

Genau in diesem Augenblick betrat Cordelia den Raum. Sie fand ihre Lehrerin bewusstlos auf ihrem Stuhl, das Gesicht in der Plastiktüte blau angelaufen. Cordelia raste zum Schreibtisch und riss instinktiv die Tüte vom Kopf der Lehrerin. »Ms. Miller«, rief sie. »Oh, mein Gott ...«

Ms. Miller öffnete ihren Mund und schnappte keuchend nach Luft. Sie fing an zu husten und fiel vom Stuhl auf den Boden.

»Ist alles in Ordnung?«, erkundigte sich Cordelia besorgt.

»Angegriffen ... Habe nicht gesehen ...«, erwiderte Ms. Miller. Sie war kaum dazu in der Lage, diese Worte herauszubringen.

Als die Lehrerin wieder zu husten anfing, hörte Cordelia, wie hinter ihr Kreide über die Tafel kratzte. Sie wandte sich um und stand genau vor dem Schriftzug an der Wand.

H Ö R T

Buffy kam als Letzte in der Bibliothek an. Willow, Xander und Giles hatten sich bereits um den großen Holztisch versammelt, als die Jägerin eintraf; ihr Gesicht war vor Aufregung über ihre Entdeckung rot angelaufen.

»Es sah aus, als wäre sie da schon seit Monaten«, sagte Buffy, als sie zu Atem gekommen war. »Und dort habe ich das hier gefunden.« Sie legte das Jahrbuch auf den Tisch. »Seht mal rein.«

Willows Kopf fuhr hin und her, während sie schnell überflog, was in Marcies Jahrbuch stand. »Oh mein Gott«, seufzte sie beim Lesen traurig. »›Schöne Ferien wünsche ich dir.‹ ›Schöne Ferien wünsche ich dir.‹ ›Schöne Ferien.‹ ... Dieses Mädchen hatte ja überhaupt keine Freunde.«

Giles betrachtete sie neugierig. Ihm erschienen diese Grüße eigentlich ganz nett. »Ich stelle wieder einmal fest, dass ich offensichtlich einer anderen Generation angehöre.«

»›Schöne Ferien‹ schreibt man, wenn man sonst nichts zu schreiben weiß«, erklärte Buffy.

»Das ist der absolute Todesstoß«, pflichtete Xander ihr bei.

Buffy betrachtete ihre Freunde argwöhnisch. »Und ihr kanntet Marcie Ross nicht?«, fragte sie.

Xander schüttelte den Kopf. »Ich bin ihr nie begegnet. Wieso?«

Buffy schob ihm das Jahrbuch hin. »Weil ihr beiden es auch geschrieben habt.«

Xander durchsuchte die Seite nach seiner Handschrift. Da war sie, links unten auf dem Buchdeckel innen. »›Schöne Ferien ...‹ Ach, du Scheiße!«, gab er verlegen zu.

»Wo stehe ich denn?«, warf Willow ein. »Oh. ›*Ganz tolle* Ferien wünsche ich dir.‹« Sie lächelte die anderen hoffnungsvoll an. »Seht ihr, ich war besonders nett.«

Buffy runzelte die Stirn. »Aber auch du erinnerst dich nicht an sie.«

Xander sah sie hilflos an. »Na ja, wahrscheinlich beschränkte sich unsere Bekanntschaft darauf, dass wir ihr in dieses Buch geschrieben haben«, bemerkte er versuchsweise, um sich aus der Affäre zu ziehen. »Diese Schule ist schließlich groß.«

»Xander«, unterbrach ihn Willow, während sie eine Kopie von Marcies Zeugnis hochhielt, die auf dem Stapel mit Informationen über die vermissten Personen lag. »Wir hatten letztes Jahr jeder vier Kurse mit ihr zusammen.«

Buffy seufzte traurig, als sie versuchte sich vorzustellen, wie einsam Marcie sich gefühlt haben musste. »Also haben sie alle behandelt, als wäre sie Luft«, meinte sie nachdenklich, »und jetzt ist sie unsichtbar.«

Xander verdrehte die Augen. »Wie? Sie ist unsichtbar geworden, weil niemand von ihr Notiz genommen hat?«

Giles schlug fest mit der Faust auf den Tisch. »Natürlich!«, rief er aufgeregt. Er sprang zu einem Bücherregal hinüber und riss ein Büchlein heraus, das den Titel *Einführung in die Quantenmechanik* trug. »Während ich nach mystischen Ursachen der Unsichtbarkeit gesucht habe, hätte ich mal besser die Möglichkeiten der Quantenphysik erforscht.«

Buffy sah ihn verwirrt an. »Ich denke, dass ich für alle hier spreche, wenn ich sage: ›Was?‹«

»Die Realität ist bestimmt durch unsere Wahrnehmung, besser gesagt: sie entsteht sogar überhaupt erst durch die Art und Weise, wie wir sie wahrnehmen.«

Drei verwirrte Gesichter sahen ihn an.

»Die Leute haben Marcie behandelt, als wäre sie unsichtbar, und deshalb wurde sie es auch«, erklärte der Bibliothekar in einer Sprache, die seine Schützlinge verstehen konnten.

Während Giles sprach, versuchte Willow verzweifelt, sich an Marcie in einer ihrer gemeinsamen Unterrichtsstunden zu erinnern. Marcie gehörte zu den Leuten, die stets unauffällig im Hintergrund blieben, selbst bei den Lehrern. Ms. Miller hatte nie von ihr Notiz genommen und es stattdessen vorgezogen, Cordelia oder andere Schüler mit größerer Ausstrahlung dranzunehmen.

Willow ahnte nicht, dass es in einer von Ms. Millers Englischstunden gewesen war, als Marcie zum ersten Mal gespürt hatte, dass sie dabei war zu verschwinden. Es war ein Moment, den Marcie niemals vergessen würde. Sie hatte versucht, eine Frage zu beantworten, die sich auf die heroischen Taten eines Romanhelden bezog. Marcie hatte als Erste ihre Hand gehoben, aber wie gewöhnlich hatte Ms. Miller jemand anderen drangenommen. Und als Marcie schließlich eingesehen hatte, dass sie nicht beachtet wurde, und ihre Hand herunternahm, hatte sie voller Verwunderung und Angst bemerkt, dass sie durch ihre Finger hindurchsehen konnte.

Und selbst diese bemerkenswerte Verwandlung, erinnerte sich Marcie bitter, hatte sich vollzogen, ohne dass irgendwer im Klassenraum es jemals registriert hätte.

»Für die Leute war Marcies gesamte Erscheinung unsichtbar, selbst Klamotten und so?«, fragte Xander verwundert. »Dann ist sie also nicht nackt?«

»Es handelt sich nicht um eine großartige Fähigkeit, die sie selbst steuern kann, es ist etwas, was ihr angetan wurde«, erklärte Buffy und ignorierte Xanders anzügliche Frage. »Was *wir* ihr angetan haben.«

»Kein Wunder, dass sie sauer ist«, sagte Willow.

»Aber worauf will sie hinaus?«, fragte Xander und sprach damit die Frage aus, die sie sich alle stellten.

Buffy blätterte in dem Jahrbuch, bis sie die Antwort fand. Darin gab es ein ganzseitiges Foto von Cordelia, auf dem sie freudestrahlend lächelte. Wahrscheinlich jedenfalls. Man konnte es schwer sagen, da Marcie das Bild mit wilden Krickeleien bedeckt und oben auf Cordelias Kopf eine hässliche rote Krone gemalt hatte.

»Genau, wie wir vermutet haben«, sagte Buffy zu Xander. »Cordelia.«

Wie aufs Stichwort kam die Maikönigin selbst mit einem panischen Gesichtsausdruck in die Bibliothek gerannt. »Ich wusste, dass ich dich hier finde«, sagte sie zu Buffy. Sie schien nicht im Geringsten zu bemerken, dass sie ein Gespräch unterbrochen hatte. »Buffy, ich, äh, weiß, dass wir unsere Probleme miteinander haben, weil du so merkwürdig bist und ... dich mit diesen – äh – *absoluten Losern* abgibst und ...«, Cordelia bemerkte die Mienen von Buffy und ihren Freunden. Hoppla. Das war ja wohl danebengegangen. »Na ja, ist ja auch egal«, änderte sie ihre Taktik, »trotz aller Missverständnisse weiß ich ja, dass wir tief in unserem Inneren dieses Gefühl füreinander hegen ...«

»Ekel?«, unterbrach Willow sie.

Genau das war's. »Jemand hat es auf mich abgesehen!«, schrie sie ziemlich hysterisch. »Sie haben gerade versucht, Ms. Miller umzubringen! Sie wollte mir bei meinem Referat helfen! Und dann Mitch und Harmony! Es geht die ganze Zeit um mich. Mich! Mich!«

Xander lachte. »Wow! Da hat sie ja ausnahmsweise mal Recht!«

»Und wieso bittest du mich um Hilfe?«, fragte Buffy Cordelia.

Cordelia seufzte und biss sich auf die perfekt geschminkte Unterlippe. »Weil du immer in der Nähe bist, wenn irgendetwas passiert. Ich weiß, dass du stark bist, und du hast diese Waffen. Ich hatte gehofft, dass du in einer Gang bist.«

Willow verkniff sich ein Kichern bei diesem Gedanken.

»Bitte ... ich weiß nicht, an wen ich mich sonst wenden soll«, bettelte Cordelia.

Giles sprang auf und bot Cordelia seinen Stuhl an. »Bitte, setz dich«, schlug er vor. Während Cordelia Platz nahm, betrachtete Giles sie aufmerksam. »Weiß du, ich kann mich nicht erinnern, dich hier irgendwann schon mal gesehen zu haben.«

Cordelia lächelte süßlich. »Nein, nein, ich hab schließlich Besseres zu tun«, erklärte sie absolut todernst.

Buffy schüttelte frustriert den Kopf. »Cordelia, der Angreifer ist ein unsichtbares Mädchen.«

»Das sehr, sehr wütend auf dich ist«, fügte Xander hinzu. »Ich kann mir das persönlich ja gar nicht vorstellen, aber es kommt eben alles Mögliche vor, weißt du.«

Xanders Sarkasmus entging Cordelia vollkommen. »Es ist mir egal, was es ist. Seht bloß zu, dass es aufhört.«

»Das ist nicht so einfach«, sagte Buffy zu ihr, während sie das Jahrbuch an der Stelle aufschlug, wo sich ein Foto von Marcie befand. »Es ist eine Person. Diese Person hier – hast du irgendeine Ahnung, warum sie solche – «

»Oh, mein Gott, trägt sie wirklich Laura Ashley?«, fragte Cordelia nach einem flüchtigen Blick auf das Foto ungläubig.

»Solche Mordgelüste hat?«, beendete Xander Buffys Frage.

Cordelia schüttelte energisch den Kopf. »Ich habe absolut keine Ahnung! Ich habe dieses Mädchen noch nie zuvor in meinem Leben gesehen.«

Aber während Cordelia sich vielleicht nicht an Marcie erinnerte, erinnerte sich Marcie ganz genau an Cordelia ... mit Rachegelüsten.

Sie stapfte im gleichen Augenblick in ihrem Unterschlupf umher und wurde immer wütender und wütender. »Ich werde es ihnen zeigen«, murmelte sie. »Diesen Idioten. Ihnen allen werde ich es zeigen. Und sie werden es niemals vergessen. Ich sollte sie *umbringen*. Ich könnte sie *umbringen*. Hier bin ich. Ich kriege euch schon. Bin direkt hinter euch, ihr Idioten.«

Aber weder Cordelia noch die anderen in der Bibliothek bekamen etwas mit von Marcies Gedanken. Sie hörten stattdessen zu, wie Cordelia ihre Geschichte erzählte. Während sie sprach, betrachtete Giles die verzweifelte Maikönigin und seufzte. Diese Situation war schneller eskaliert, als er befürchtet hatte.

»Nach dem, was du uns über den Angriff auf Ms. Miller erzählt hast, haben wir jetzt zwei Botschaften von Marcie«, stellte er fest: »›Seht‹ und ›Hört‹.«

»Botschaften, die wir nicht verstehen«, stöhnte Willow.

»Ich bin auch nicht sicher, ob wir das zu diesem Zeitpunkt bereits sollen. Marcie ist noch nicht soweit«, dachte Buffy laut nach. »Nach dem zu urteilen, was sie mit Cordelias Foto gemacht hat, würde ich sagen, dass sie wegen der ganzen Maiköniginnen-Sache ausgeflippt ist. Vielleicht wird sie dagegen etwas unternehmen, aber zu einem Zeitpunkt ihrer Wahl.«

Willow dachte einen Moment lang darüber nach. »Sagt die Krönung heute Abend ab«, schlug sie schließlich vor. »Und haltet euch aus dem *Bronze* fern.«

Cordelia sah Willow an, als wären ihr vier Köpfe gewachsen. »Nichts, aber auch gar nichts, hält mich davon ab, heute Abend ins *Bronze* zu gehen«, verkündete sie herausfordernd.

Xander schüttelte ungläubig den Kopf. »Schön, dass du so klare Prioritäten setzt.«

Buffy biss sich auf die Lippe und unterdrückte ein Lachen. Aber Cordelia ließ sich nicht davon abbringen. »Wenn ich heute Abend nicht gekrönt werde, hat Marcie gewonnen! Und das ist schlecht«, argumentierte sie. Sie erwiderte Xanders ungläubigen Blick. »Sie ist böse, okay? Wesentlich böser als ich.«

»Da hat Cordelia Recht«, sagte Buffy zu den anderen.

Cordelia lächelte triumphierend. »Buffy ist auf meiner Seite.«

»Ganz normal mit den Ballvorbereitungen fortzufahren, bietet wahrscheinlich die beste Chance, Marcie aus der Reserve zu locken«, erklärte Buffy. »Wir können Cordelia als Köder benutzen.«

»Prima«, begann Cordelia. »Moment mal – als was? Als Köder?«

Aber die anderen hatten bereits begonnen, sich zu organisieren. »Willow und Xander werden mir helfen, mit unseren Recherchen noch einmal von vorne zu beginnen«, sagte Giles zu Buffy.

Xander verdrehte die Augen. »*Er* kann das einfach bestimmen, und *wir* müssen es dann tun.«

Giles starrte Xander wütend an – nun ja, wütend in einer eher zurückhaltend britischen, wenig emotionalen Art und Weise. Es war ihm wichtig, dass er die Bedeutung dieser Mission vermittelte. »Wenn wir keine Möglichkeit finden, Marcies Unsichtbarkeit zu bekämpfen, wird sogar Buffy – «

»Eine leichte Beute für sie sein«, ergänzte Buffy nüchtern. Sie war an solche Dinge gewöhnt. Sie wandte sich Cordelia zu. »Los, komm!«

»Ich muss mein Kleid anprobieren«, wehrte sich Cordelia. Dann schnappte sie nach Luft. »Bin ich wirklich ein Köder?«

Buffy verdrehte die Augen und dachte: Was ist dir lieber, Cordy, ein Köder zu sein oder tot?

Cordelia beobachtete, wie Buffy um die Ecke spähte, um den Flur auf Gefahren hin zu überprüfen. Obwohl das allen ihren Instinkten zuwiderlief, war sie beeindruckt von Buffys verantwortungsvollem Verhalten. Sie benahm sich wie die Heldin aus einem Actionfilm.

»Was für eine gruselige Vorstellung, dass Marcie dieses Spielchen schon seit Monaten treibt«, dachte Cordelia laut nach.

»Dass sie hinter uns herspioniert und unsere bestgehüteten Geheimnisse erfahren hat …«

Buffy schaute sich um und versuchte herauszufinden, ob Marcie sie auch in diesem Augenblick bespitzelte. Aber nichts schien auf ihre Anwesenheit hinzuweisen.

»Und sie ist unsichtbar geworden, weil sie so unbeliebt war«, fuhr Cordelia fort. »Das muss einen ja total runterziehen.«

Buffy seufzte. Cordelia hatte definitiv ihre eigene Art, die Dinge zu sehen. »So könnte man es auch ausdrücken«, stimmte sie zu.

Cordelia blieb eine Sekunde stehen und blickte ernst in Buffys grüne Augen. »Es ist schrecklich, sich so einsam zu fühlen«, sagte sie dann schlicht.

Buffy schnaubte. »Ach, hast du etwas über dieses Gefühl gelesen?«

Aber Cordelia meinte es ernst. »Glaubst du, ich wäre nie einsam, nur weil ich so hübsch und beliebt bin?«, presste sie hervor. »Ich kann von Leuten umgeben und trotzdem total allein sein. Es ist nicht so, als würde einer von denen mich wirklich kennen. Ich weiß sogar häufig nicht mal, ob sie mich überhaupt mögen. Die Leute wollen einfach nur mit Leuten zusammen sein, die beliebt sind. Wenn ich rede, sind manchmal alle so damit beschäftigt, mir zuzustimmen, dass sie nicht ein Wort hören von dem, was ich sage.«

Buffy dachte einen Moment darüber nach. Auf eine merkwürdige Art ergab das, was Cordelia sagte, einen Sinn. Wenigstens in gewisser Weise. »Wenn du dich so einsam fühlst«, fragte Buffy, »warum arbeitest du dann so eifrig an deiner Beliebtheit?«

Cordelia warf ihr Haar zurück und zuckte mit den Achseln. »Das ist immer noch besser, als ganz allein einsam zu sein.«

Buffy verkniff sich ein Lachen, während Cordelia die Treppe

hinunterzugehen begann. Es war schwer, gegen diese Art von Logik zu argumentieren.

»Vielleicht können wir ja mit ihr reden und sie zur Vernunft bringen«, schlug Giles vor, als er, Willow und Xander allein in der Bibliothek saßen. »Oder sie möglicherweise zu fassen kriegen«, fügte er hinzu.

Willow dachte einen Moment darüber nach. »*Wir* sind ja zu dritt«, sagte sie mit einem Hauch von Zweifel in ihrer Stimme.

Aber Xander gab sofort den Supermacho: »Los, lasst uns gehen!«, rief er bestimmend.

In diesem Augenblick drang der weiche, traurige Klang einer einzelnen Flöte zu ihnen. Sie eilten rasch in die Aula, in der Hoffnung herauszufinden, woher diese melancholische Musik kam.

Der Heizungsraum. Das Trio rannte nach unten in den Keller. Ohne Angst um seine persönliche Sicherheit betrat Giles den dunklen, überheizten Raum. Willow und Xander folgten dicht hinter ihm.

»Marcie«, rief der Bibliothekar. »Wir wissen, was mit dir passiert ist. Können wir mit dir reden?«

»Es tut uns so Leid, dass wir dich ignoriert haben«, fügte Willow hinzu.

Aber Marcie antwortete nicht. Die einzige Antwort war die Musik, die weiterspielte. Sie schien aus dem Heizungskessel selbst zu kommen. Sie krochen vorsichtig um den Kessel herum, um dann festzustellen, dass es mitnichten Marcie war, die hier Flöte spielte. Stattdessen fanden sie einen kleinen Kassettenrekorder, der eine Kassette mit Flötenmusik enthielt.

»Verdammt«, rief Xander, während er ängstlich auf die Tür zurannte. Aber noch bevor er den Türgriff erreichen konnte, drang Marcies wahnsinniges Lachen durch den Heizungsraum. Sie kicherte wie wild, als die Tür ins Schloss fiel.

Giles und Xander stemmten sich gegen die Tür und versuchten verzweifelt, sie zu öffnen. Aber die riesige Metalltür rührte sich nicht. Sie war von außen verschlossen.

Plötzlich hörten sie ein beängstigendes Zischen. Das Geräusch ließ keinen Zweifel zu: »Gas!«, rief Giles.

Währenddessen führte Buffy Cordelia in ihren improvisierten Umkleideraum. Trotz der lauernden Gefahr, hatte sie noch ein Ohr für Cordelias Sorgen.

»Wenn du jemals jemandem erzählst, dass ich mich auf der Toilette umgezogen habe …«, drohte Cordelia, während sie zusah, wie Buffy das zweite Klo nach einem Zeichen von Marcie absuchte.

»Ich werde dein Geheimnis mit ins Grab nehmen«, versicherte ihr Buffy. »Sieht aus, als wäre die Luft rein, aber beeil dich.«

Buffy schlüpfte aus dem Raum hinaus und schloss die Tür, um Cordelias Intimsphäre zu wahren. Während Cordelia vorsichtig den Gürtel ihres blassgelben Sommerkleides löste, um sich umzuziehen, lief die Jägerin auf der anderen Seite der Tür auf und ab und wünschte sich, dass Cordelia sich beeilen möge.

»Weißt du, ich verstehe, was du vorhin gesagt hast«, vertraute Buffy Cordelia durch die geschlossene Tür an. »Es ist egal, wie beliebt man ist …«

»Warst du denn mal beliebt?«, unterbrach Cordelia sie. »In welchem anderen Universum sollte das gewesen sein?«

»In Los Angeles«, sagte Buffy zu ihr. »Ich hatte damals das Gefühl, dass irgendetwas fehlt …«

»War das der Grund, weshalb du so merkwürdig wurdest und von der Schule geflogen bist?«

Buffy seufzte verärgert. »Okay«, sagte sie in dem Versuch, ruhig zu bleiben. »Können wir dieses aufrichtige Gespräch führen, ohne dass du mich dauernd unterbrichst?«

Offensichtlich nahm Cordelia sich zu Herzen, was Buffy sagte, denn aus dem Toilettenraum drang nun nur noch Stille.

Was so gar nicht Cordelias Art war.

»Cordelia?«, rief Buffy.

Es kam noch immer keine Antwort. Plötzlich hörte Buffy ein lautes Poltern, so als hätte jemand einen Papierkorb umgeworfen oder wäre über irgendetwas gestolpert. »Cordelia!«, rief Buffy noch einmal.

Jetzt konnte Buffy aus dem Inneren des Toilettenraums lautes Getöse hören. Da drinnen spielte sich definitiv ein Kampf ab. Buffy drückte die Klinke herunter, aber irgendjemand – wahrscheinlich Marcie – hatte die Tür verriegelt. Sie stemmte ihre Schulter gegen die Tür, in der Hoffnung, den Riegel so zu lösen, aber die Tür gab nicht nach. Schließlich ballte Buffy ihre Faust zusammen und schlug ein Loch in die Tür, durch das sie hineingreifen und den Riegel lösen konnte.

Buffy kam gerade rechtzeitig in den Toilettenraum, um zu sehen, wie Cordelia wild strampelnd von der Decke hing. Buffy reckte sich hoch und streckte den Arm nach ihr aus. Sie versuchte, einen von Cordelias Knöcheln zu fassen zu bekommen, doch Cordelia war zu weit oben. Buffy packte einen Stapel herumliegender Kisten und türmte sie unter dem Loch auf, das sich in der Decke befand. Sie kletterte auf den Stapel und hievte sich durchs Loch auf den Boden über der Decke.

Dort wartete Buffy einen Moment lang und lauschte. Plötzlich hörte sie einen dumpfen Aufschlag und dann ein Geräusch, als würde jemand etwas Schweres über einen Holzboden schleifen. Sie kroch in Richtung dieses Geräuschs. Innerhalb von Sekunden fand sie sich in Marcies Unterschlupf wieder. Dort erblickte sie im schwachen Licht Cordelias schlaffen, bewusstlosen Körper. Instinktiv streckte Buffy die Hand nach ihrer Klassenkameradin aus.

Aber Marcie war zu schnell für sie. Sie warf ihren unsichtbaren Körper direkt gegen Buffy und schleuderte die Jägerin so seitwärts aus dem Versteck. Buffy flog auf die Deckenkacheln. Die Kacheln gaben unter ihrem Gewicht nach, und sie krachte in das darunter liegende Zimmer, den Orchesterraum.

Während Buffy noch versuchte, sich zurechtzufinden, hörte sie, wie Marcie auf dem Boden neben ihr landete. Wenn Buffy das Mädchen auch nicht sehen konnte, so konnte sie doch die braune Ledertasche sehen, die sie in der Hand hielt. Die Tasche öffnete sich, und aus dem Augenwinkel sah Buffy die riesige, tropfende Nadel einer Spritze neben sich in der Luft schweben. Die Jägerin versuchte, ihr auszuweichen, doch es war zu spät. Die Nadel drang in ihren Hals ein, und Buffy verlor mit einem leisen Seufzer das Bewusstsein.

Giles, Xander und Willow erging es im Heizungsraum nicht besser. Marcie hatte offensichtlich die Zündflamme ausgepustet, und der Raum füllte sich nun mit Gas. Es gab keine Möglichkeit, das Austreten der unsichtbaren giftigen Dämpfe zu stoppen, denn Marcie hatte das Ventil abgelöst.

Nicht einmal die Tür aufzubrechen kam in Frage. Giles hatte ihnen eindringlich klargemacht, dass das keine gute Idee wäre. Wenn die Metalltür nur einen einzelnen Funken freisetzen würde, würde der gesamte Raum in Flammen aufgehen.

Die Dämpfe machten die drei bereits ganz benommen. »Warum tut Marcie das?«, stöhnte Willow.

»Das kommt von der Isolation, in der sie so lange gelebt hat«, erklärte Giles in einem wesentlich schleppenderen Ton als sonst. »Sie ist verrückt geworden.«

Die Untertreibung des Jahres. »Ach, tatsächlich?«, fuhr Xander den Bibliothekar an. Er lauschte dem langsamen, unheilvollen Zischen des austretenden Gases. Wenn wir hier nicht bald rauskommen …

Das war ein Gedanke, den Xander lieber nicht zu Ende dachte.

Buffy war nicht sicher, wie viel Zeit vergangen war, seit sie im Orchesterraum zu Boden gegangen war, als sie sich an einem seltsamen dunklen Ort wiederfand und mühsam ihre Augen öffnete. Zuerst war ihre Sicht verschwommen, weil noch nachwirkte, was auch immer ihr Marcie injiziert hatte, aber schließlich war sie in der Lage, Cordelia zu erkennen, die sie anstarrte. Die Brünette saß nicht weit von Buffy entfernt gefesselt auf einem kunstvoll geschmückten Stuhl – einem Thron vielleicht. Sie trug ihr neues Kleid und eine Art Krone.

Buffy brauchte ein paar Minuten, bis sie realisierte, wo sie war. Irgendwie hatte Marcie es geschafft, die beiden Mädchen ins *Bronze* hinüberzuschleifen, wo schon alles für Cordelias Krönung zur Maikönigin vorbereitet war. Das erklärte den Thron und das Diadem, aber es erklärte nicht, weshalb Marcie sie hierher gebracht hatte.

Buffy versuchte aufzustehen, aber es war unmöglich. Dem unsichtbaren Mädchen war es gelungen, sie beide an ihre Stühle zu fesseln. Verrückt hin oder her. Marcie war ein kluges Kind. Sie hatte nichts dem Zufall überlassen.

»Buffy? Bist du wach?«, fragte Cordelia leise.

»Ja.«

»Ich spüre mein Gesicht nicht.«

Buffy sah sie erstaunt an. »Wie meinst du das?«

»Mein Gesicht! Es fühlt sich taub an«, schrie Cordelia mit unmissverständlicher Panik in der Stimme. »Was hat sie vor?«

»Ich weiß es nicht«, erwiderte Buffy aufrichtig.

Cordelia drehte ihren Kopf ein wenig und blickte gerade nach vorn. Buffy folgte der Richtung von Cordelias Blick. An die Wand hatte Marcie in riesigen roten Buchstaben ein einzelnes Wort geschrieben.

LERNT

»Was bedeutet das?«, fragte Cordelia Buffy.

»Ich weiß es nicht«, wiederholte sich Buffy. Eine andere Antwort schien es nicht zu geben.

In diesem Moment tauchte ein kleiner Rollwagen neben Cordelia auf. Darauf lag ein lumpiges altes Handtuch. Der Wagen schien ganz von allein zu rollen – was bedeutete, dass Marcie in der Nähe war. Wie um dies zu beweisen, richtete Marcie das Wort an die Mädchen. »Ich bin enttäuscht«, bemerkte die Unsichtbare. »Ich hatte wirklich gehofft, dass ihr es inzwischen kapiert hättet.«

»Los, komm Marcie«, sagte Buffy mit leiser, ruhiger Stimme. »Warum erklärst du es uns nicht? Was sollen wir lernen?«

Es herrschte Stille. Und einen Augenblick lang dachte Buffy, dass Marcie vielleicht – nur *vielleicht* – erklären würde, was hier vor sich ging.

Aber dann öffnete Cordelia den Mund, um zu reden.

»Ja, was für eine Lektion, willst du uns denn erteilen?«

Der überhebliche Klang in Cordelias Stimme zerstörte jede Chance darauf, dass Marcie sich behaglich und akzeptiert fühlen könnte. »Nein, du kapierst es nicht«, giftete sie. »Du bist nicht die Schülerin. Du bist die *Lektion.*«

Das klang gar nicht gut. Buffy und Cordelia sahen sich ängstlich an. Schließlich erhob Cordelia die Stimme, und sie klang diesmal wesentlich zögerlicher und besorgter. »Was hast du mit meinem Gesicht gemacht?«

»Dein Gesicht«, spottete Marcie. »Das ist alles, was dich interessiert, nicht wahr? Dein hübsches Gesicht. Das ist es, was dich ein bisschen heller strahlen lässt als uns andere. Wir wollen alle wahrgenommen werden. Und dass man sich an uns erinnert. Dass man uns sieht.«

Das unsichtbare Mädchen zog rasch das Handtuch von dem Rollwagen, und darunter kam eine eindrucksvolle Ansammlung chirurgischer Instrumente zum Vorschein: Skalpelle, Messer, Scheren und Spritzen, eins monströser und Furcht einflößender als das andere.

»Was hast du vor?«, fragte Cordelia mit Panik in der Stimme.

Marcie antwortete total ruhig: »Ich werde dir ein Gesicht verpassen, das keiner je wieder vergessen wird ...«

Die Luft im Heizungsraum war inzwischen gefährlich dünn vor lauter Gas. Giles, Willow und Xander waren nun so schwach, dass sie nicht mehr stehen konnten. Sie saßen zusammengesunken und schweigend auf dem harten Betonboden, und das Atmen tat ihnen so weh, dass sie nur noch keuchen konnten.

»Ich schlage vor, wir lassen es drauf ankommen und rammen die Tür ein«, schlug Xander den anderen vor.

»Was macht es schon, wenn zwischen Freunden mal die Funken fliegen?«, stimmte Willow schwach zu.

Giles bemühte sich, sein Gehirn anzustrengen. »Funken ...«, sagte er langsam, »Funken entstehen, wenn Metall auf Metall trifft.« Giles zog schnell seine Jacke aus und wickelte sie um das Metallrohr, das Xander in der Hand hielt. Der Bibliothekar blieb stehen und bedeutete den anderen, dasselbe zu tun.

Unter heftigem Husten erhoben Willow und Xander sich vom Boden. Die drei hielten das große Rohr wie einen Rammbock direkt vor sich und bereiteten sich darauf vor, die Tür aufzubrechen.

»Eins, zwei, drei«, keuchte Giles. Die drei rannten auf die Tür zu.

Es gab ein lautes Krachen, doch die Tür gab nicht nach.

»Noch einmal!«, befahl Giles.

Wieder ein Krachen ohne Erfolg! Es hatte keinen Sinn. Die Tür war fest verschlossen. Willow, Xander und Giles sanken gegen die Wand und husteten heftig. Jeder Atemzug war ein Kampf. Das Gas war dabei, sie zu ersticken.

Es würde nun nicht mehr lange dauern.

Buffy saß aufrecht auf ihrem Stuhl und versuchte, ganz ruhig zu bleiben. Obwohl sie wegen ihrer Gefangenschaft der Verzweiflung nahe war, unternahm sie keinen Versuch, die Stricke zu lösen, mit denen sie gefesselt war. Das Allerletzte, was sie wollte, war, dass Marcie ihre Verzweiflung bemerkte. Buffy musste nach außen hin so tun, als hätte sie die Oberhand.

Unglücklicherweise trat *Marcie* nach außen hin aber gar nicht in Erscheinung – wodurch die Jägerin klar ins Hintertreffen geriet.

Buffy war sich nicht sicher, was Marcie mit ihrer Sammlung sadistischer medizinischer Instrumente vorhatte, aber sie hegte keinen Zweifel, dass sie das unsichtbare Mädchen von ihrem wie auch immer gearteten Vorhaben abhalten musste.

»Marcie ... das kannst du nicht machen«, sagte Buffy, um den Teil des Mädchens anzusprechen, der immer noch menschlich war.

Marcie lachte. »Wie willst du mich denn abhalten? Jagd auf mich machen?«, fragte sie.

So viel zum Thema ›Keine Verzweiflung zeigen‹. Jetzt wurde es höchste Zeit, in den Jägerinnen-Modus zu schalten. Buffy riss an den Stricken, die sie gefangen hielten. Die Knoten waren fest. Okay, auf die Jagd zu gehen war also für den Augenblick nicht drin.

»Marcie, du weißt, dass es nicht richtig ist, was du vorhast«, sagte Buffy mahnend.

Falscher Text! Es gab einen Knall, und Buffys Kopf flog zur Seite, als Marcie ihr ins Gesicht schlug. Die Jägerin hatte dies nicht kommen sehen. Aber wie auch?

»Du hättest mir nicht in die Quere kommen sollen«, rügte Marcie die Jägerin. »Weißt du, ich dachte eigentlich, dass du meine Sichtweise verstehen würdest, aber du bist genauso wie die anderen.«

Buffy schüttelte den Kopf. Sie wusste, was Marcie meinte. Cordelia und ihre *Cordettes* konnten in ihrer Arroganz ganz schön grausam sein. Es war so leicht, sich ausgeschlossen, verhöhnt und lächerlich neben ihnen zu fühlen. Aber egal wie schlecht Buffy sich auch jemals fühlen würde, niemals würde sie so etwas wie das hier tun. Da war sie sich ganz sicher.

»Bitte, tu es nicht«, flehte Cordelia.

Cordelias herzzerreißendes Bitten war alles, was Marcie brauchte, um zur Tat zu schreiten. Plötzlich erhob sich ein metallenes Skalpell in die Luft, die Schneide war unmittelbar auf Cordelias Wange gerichtet. Nun gab es keine Zweifel mehr daran, was Marcie vorhatte.

»Nein!«, schrie Cordelia.

»Du solltest dankbar sein«, höhnte Marcie. »Die Leute, die auf der Straße an dir vorbeigehen, werden sich bis zum Ende ihres Lebens an dich erinnern. Kinder werden von dir träumen. Und jeder, der heute Abend zur Krönung kommt, wird das Bild der Maikönigin mit in sein Grab nehmen.

Während Marcie sprach, ließ Buffy ihren Blick zu dem Tablett mit den Instrumenten wandern. Ein Skalpell lag direkt an der Kante, fast in ihrer Reichweite. Wenn sie nur ein winziges bisschen näher an das Tablett herankäme, könnte sie ...

Cordelia sah aus dem Augenwinkel, dass Buffy ihre Hand nach dem Skalpell ausstreckte. Wenn sie Marcie nur noch eine Minute ablenken konnte ...

»Warte!«, rief Cordelia.

Aber Marcie hatte lange genug gewartet. »Wir müssen jetzt wirklich mal anfangen«, sagte sie zu Cordelia. »Die örtliche Betäubung wird bald nachlassen, und ich möchte nicht, dass du in Ohnmacht fällst. Es macht weniger Spaß, wenn du nicht wach bist.«

Langsam näherte sich das Skalpell Cordelias perfekter Wange.

»Ich verliere das Bewusstsein!«, stöhnte Xander, und sein Körper sackte noch weiter auf den Boden. Innerhalb einer Sekunde war er ganz still. Auch Willow war dabei, den Kampf gegen die Bewusstlosigkeit zu verlieren.

Giles unternahm einen letzten schwachen Versuch, die Tür zu öffnen. Er streckte den Arm aus und lehnte noch einmal sein ganzes Gewicht dagegen. Und ... wundersamerweise gab die Tür nach. Sie *öffnete sich* – einfach so. Und im Türrahmen stand Angel, ganz allein. Der Vampir spähte in den Raum hinein und sah Willow und Xander halb tot auf dem Boden liegen. »Los, komm!«, rief er Giles zu, während er Willow hochhob und in Sicherheit brachte. Giles schüttelte heftig Willows leblosen Körper und versuchte, sie wieder zum Atmen zu bringen, während Angel zurückging, um Xander zu holen.

»Was ist passiert?«, fragte Xander stöhnend. Er war noch sehr benommen, als Angel ihn auf den Fußboden im Kellerflur legte.

»Sag du's mir«, erwiderte Angel.

»Ich steh schon auf, Mama«, murmelte Willow zusammenhanglos, während sie sich bemühte, wieder aufzuwachen.

Xander blinzelte und sah Angel erstaunt an. Der Vampir schien immer in der Nähe zu sein, wenn sie in Schwierigkeiten gerieten. Angel hatte sie soeben vor dem sicheren Tod gerettet, aber es fiel Xander dennoch schwer, Dankbarkeit zu empfinden. Bin ich vielleicht eifersüchtig?, fragte er sich im Stillen. Laut giftete er Angel an: »Was willst du denn hier?« Ja, schätzungsweise bin ich ziemlich eifersüchtig, gestand sich Xander schließlich ein.

Angel wandte sich um und sprach Giles an: »Ich wollte dir den *Codex* bringen«, erklärte er und erinnerte Giles damit wieder an das Buch, über das sie vorher gesprochen hatten. »Und als ich durch den Keller hereingekommen bin, habe ich Gas gerochen.«

»Das Gas! Wir müssen es abschalten«, mahnte Giles. »Sonst fliegt noch das ganze Gebäude in die Luft.«

Angel nickte und ging auf die Tür zu. »Ich mache das. Ich brauche schließlich keinen Sauerstoff«, versicherte er ihm.

Buffys Hand kam der Klinge auf dem Rollwagen immer näher und näher. Schließlich ließ sie das Instrument langsam in ihre Handfläche gleiten und schloss ihre Faust darum, wobei sie darauf achtete, sich nicht zu schneiden. Marcie schien keine Notiz davon zu nehmen; sie war zu sehr auf Cordelias Gesicht konzentriert.

»Lass mal sehen«, meinte das unsichtbare Mädchen nachdenklich. »Ich glaube, wir sollten mit deinem Lächeln anfangen. Ich finde, es sollte etwas breiter sein.«

»Hör zu, Marcie«, flehte Cordelia. »Du glaubst, dass ich nicht verstehe, was du durchmachen musst, aber ich verstehe es.«

»Ja, ich wette, du verstehst mich«, Marcie lachte höhnisch. »Ich wette, du kannst mich verstehen, wo du ja so viele Freunde hast und dich so allein fühlst, weil sie dich gar nicht richtig kennen.« Sie lachte noch einmal, als Cordelia sie erstaunt ansah. »Du bist eine typische egozentrische, verwöhnte, kleine Zicke. Du glaubst, du könntest dich hier mit deinem Charme herauswinden. Stimmt's, oder hab ich Recht?« Und mit diesen Worten fuhr Marcie mit ihrer Hand wild durch Cordelias Gesicht. Das Skalpell hinterließ eine Spur: einen geraden roten Strich auf Cordelias Wange. Cordelia schrie laut auf, ihre Augen füllten sich mit Tränen.

Genau in diesem Moment durchtrennte Buffy den letzten

Strick, der um ihre Beine gewunden war. Sie war frei. Die Jägerin verpasste dem Rollwagen einen schnellen Tritt. Er kam abrupt zum Stehen, als er mit einem dumpfen Knall gegen ein unsichtbares Objekt prallte. Marcies Schmerzensschrei informierte Buffy darüber, dass der Rollwagen sein Ziel getroffen hatte.

»Oh, mein Gott, hol mich hier raus!«, kreischte Cordelia. Sie wand sich wild auf ihrem Stuhl, als Buffy sich hinunterbeugte, um die Königin loszuschneiden.

»Halt still!«, befahl ihr Buffy, als sie die Stricke durchtrennte. Aber bevor sie Cordelia befreien konnte, spürte sie, wie ein schwerer Stiefel ihr genau in den Magen trat. Sie wurde buchstäblich quer durch den Raum geschleudert. Buffy erhob sich rasch auf ihre Knie, aber bevor sie aufstehen konnte, wurde sie durch einen weiteren Tritt wieder zu Boden gezwungen.

Jetzt wurde die Jägerin langsam richtig wütend. Okay, weißt du was, Marcie?, dachte sie schäumend. Eine Weile lang habe ich deinen Schmerz wirklich verstanden. Ganz ehrlich. Aber jetzt wirst du meinen zu spüren kriegen. Und zwar volle Kanne!

»Weißt du, ich hatte wirklich Mitleid mit dir. Du hast viel zu erleiden gehabt«, rief sie laut in den leeren Raum hinein. »Aber es gibt eine Sache, die du bei alldem hier nicht bedacht hast. Du bist einfach total weich in der Birne!« Dann drehte sich Buffy um, schwang mit aller Kraft ihre Fäuste durch die Luft und ... traf ins Leere.

»Hey, du Schwachkopf«, höhnte Marcie. »Ich bin unsichtbar.« Und zack! Ein weiterer linker Haken von ihr landete in Buffys Gesicht. Buffy schlug zurück und ... traf wieder nicht.

Buffys Gehirn arbeitete fieberhaft. *Seht. Hört. Lernt.* Was hatte ihr Giles noch mal geraten, als sie zusammen draußen vor der Schule gesessen hatten, kurz bevor Xander und Willow zu ihrem chinesischen Essen aufgebrochen waren? Ach ja. Irgendwas von wegen, sie solle den Leuten zur Abwechslung auch mal zuhören. *Zuhören* – das war die Antwort.

Cordelia wimmerte.

»Sei still, Cordelia!«, befahl Buffy.

»Okay.« Cordelia sprach nur noch ganz leise, wie ein verängstigtes, verloren gegangenes Kind. Aber Buffy konnte sich jetzt nicht um Cordelia kümmern. Sie musste herausfinden, wo Marcie sich aufhielt. Die Jägerin stand ganz still mitten im Raum. Sehen war in diesem Fall nicht besonders hilfreich. Plötzlich wurden die Geräusche um sie herum lauter, so als würden sie in ihren Ohren verstärkt. Also lauschte sie einfach nur. Marcies schneller Atem kam näher und näher. Ihre Schritte brachten die Bodendielen ganz leicht zum Quietschen und dann …

Ein Schlag! Buffy drehte sich um und boxte mit aller Kraft in die Luft. Ihre Faust traf irgendeine Stelle an Marcies Körper – fest genug, um das unsichtbare Mädchen durch den Raum fliegen und in einem roten Samtvorhang landen zu lassen. Der Vorhang bedeckte Marcies unsichtbaren Körper, sodass Buffy erkennen konnte, wo sie stand. »Ich sehe dich«, verkündete die Jägerin. Mit einem letzten Fausthieb schlug sie Marcie zu Boden.

Buffy blieb einen Moment über dem unsichtbaren Mädchen stehen und war bereit, noch einmal zuzuschlagen, falls sie wieder aufstehen würde. Aber bevor sich überhaupt irgendwer rühren konnte, platzten zwei Männer in schwarzen Anzügen ins *Bronze* hinein – dieselben Männer, die während Cordelias Antrittsrede in den Büschen im Innenhof herumgelungert hatten.

»Alle bleiben da stehen, wo sie sind!«, befahl der kleinere der beiden Männer.

»Wir werden sie von hier mitnehmen«, versicherte sein Partner Buffy.

Äh, wie bitte? »Wohin denn mitnehmen?«, fragte Buffy.

Einer der Männer zeigte rasch seine Dienstmarke vor. »Ich bin Agent Doyle. Und das ist Agent Manetti. Wir sind gekommen, um das Mädchen abzuholen.«

Buffy verdrehte die Augen. »Wo waren Sie denn vor zehn Minuten, als sie Chirurg gespielt hat?«

»Wir sind so schnell gekommen, wie wir konnten«, versicherte Agent Doyle ihr. »Ab jetzt kümmern wir uns um sie.« Er griff nach unten und half Marcie auf die Beine.

Marcie ging langsam zur Tür, die beiden Männer hielten sie an den Armen fest. Buffy konnte nur an dem roten Vorhang, der immer noch um ihren Körper gewickelt war, erkennen, dass sie da war. Plötzlich überkam Buffy Mitleid. »Können Sie sie heilen?«, fragte sie hoffnungsvoll.

»Wir können ... für ihre Wiedereingliederung sorgen«, erwiderte Agent Doyle in einem betont unverbindlichen Ton.

»Sie wird bald lernen, wieder ein nützliches Mitglied der Gesellschaft zu sein«, fügte Agent Manetti hinzu.

Buffy betrachtete die beiden Männer misstrauisch. »Das ist nicht das erste Mal, dass so etwas passiert ist, nicht wahr?«, fragte sie schließlich. »Es ist auch schon an anderen Schulen passiert, oder?«

»Wir sind nicht befugt, darüber zu sprechen«, erwiderte Agent Manetti.

»Es wäre das Beste für euch, wenn ihr diesen gesamten Vorfall vergessen würdet«, versicherte Agent Doyle.

»Wissen Sie eigentlich, dass Sie ganz schön unheimlich sind?«, sagte Buffy.

Darauf fiel Agent Doyle keine Erwiderung ein. »Danke für deine Hilfe«, murmelte er, während er mit seinem Kollegen Marcie aus dem *Bronze* herausführte.

Buffy sah ihnen nachdenklich nach, als sie verschwanden. Die Agents hatten versprochen, Marcie zu helfen und sie wieder zu resozialisieren. Aber Buffy konnte sich nicht vorstellen, wohin die Beamten sie bringen könnten. Wo sollte ein unsichtbares, gemeingefährliches Mädchen lernen, sich wieder in die Gesellschaft einzugliedern?

Buffys Gedanken wurden von Cordelias ungewöhnlich unterwürfig klingender Stimme unterbrochen: »Kannst du mich jetzt losbinden?«, fragte sie.

Selbst einen ganzen Tag nach Cordelias Krönung grübelte Buffy noch immer fieberhaft darüber nach, was wohl mit Marcie geschehen sein mochte. Diese Konfrontation hatte sie wirklich mitgenommen. Vielleicht deshalb, weil Marcie kein Vampir oder Monster war, sondern ein einfaches Mädchen. Ein Mädchen, das durch die Menschen um sie herum zur Killerin geworden war.

»Ich kann einfach nicht fassen, wie sehr Marcie am Ende abgedreht ist«, dachte sie laut nach, während sie mit Willow, Xander und Giles die Flure der *Sunnydale High School* entlangging. »Wie seid ihr denn aus dem Heizungsraum entkommen?«

Willow machte schon den Mund auf, um von ihrer Rettung zu berichten, aber ein Blick von Giles zwang sie, sich rechtzeitig zu bremsen. »Der Hausmeister«, sagte Giles dann schnell. »Er hat uns gefunden und das Ventil geschlossen.«

»Wir hatten Glück«, fügte Willow hinzu.

»Das würde ich auch sagen«, stimmte ihr Buffy zu.

In diesem Moment tauchte Cordelia auf und kam auf die vier zu. Außer einer schmalen Schnittwunde an ihrer Wange zeigte sie keinerlei Anzeichen, die auf den Horror des vorigen Abends hindeuteten. Sie wirkte sogar fröhlicher als je zuvor.

»Hallo«, grüßte Buffy sie.

»Hi. Hör mal, ich hatte gestern keine Gelegenheit mehr, irgendetwas zu sagen, wegen der Krönung und so, aber ...« Sie hielt inne und holte Luft. Worte wie diese kamen Cordelia nicht immer leicht über die Lippen. »Ich schätze, ich sollte mich bedanken«, sagte sie schließlich. »Bei euch allen.«

Xander brach das Schweigen. »Ist ja komisch, dabei siehst du aus wie Cordelia«, scherzte er.

»Ihr habt mich echt gerettet, und dabei hättet ihr das ja gar nicht tun müssen, also vielen Dank«, fuhr Cordelia fort.

»Ist schon in Ordnung«, versicherte Buffy ihr.

Willow lächelte. »Hör mal, wir wollten uns gerade was zum Mittagessen holen. Wenn du Lust hast –«

Bevor Willow ihre Einladung ganz aussprechen konnte, kam Mitch mit einigen von Cordelias Freundinnen im Schlepptau den Flur entlang. Die Gruppe der populären Schüler blieb abrupt stehen, als sie Buffy und ihre Freunde sah.

»Au weia!«, rief Mitch, ohne jeglichen Versuch, seine Überraschung – oder vielmehr seinen Abscheu – zu verbergen. »Du gibst dich doch nicht etwa mit diesen Losern ab, oder?«

Cordelia rang eine Sekunde lang nervös mit sich. Doch es dauerte nicht lang, bis ihr natürlicher Selbsterhaltungstrieb zurückkehrte. »Machst du Witze?«, erwiderte sie lachend. »Ich hab bloß versucht, mich ein wenig in Nächstenliebe zu üben, indem ich ihnen ein paar Modetipps gegeben habe.« Sie nahm Mitchs Arm und ging davon, ohne sich auch nur noch einmal umzusehen. »Glaubst du wirklich, ich hätte Lust, mich dieser Kolonie von Aussätzigen anzuschließen?«, fragte sie Mitch. »Ich bitte dich.«

Xander sah zu, wie Cordelia und ihre Freunde in der Ferne verschwanden. »Mist, wenn man ein unsichtbares Mädchen gebrauchen könnte, dann kreuzt natürlich keines auf.«

Marcie ging, flankiert von Agent Doyle und Agent Manetti, langsam den Schulflur entlang. Obwohl diese beiden Männer in schwarzen Anzügen sie eigentlich gar nicht sehen konnten, hütete sie sich davor, das Weite zu suchen. Außerdem, schlimmer als in Sunnydale konnte es an dieser Schule ja auch nicht werden, oder?

Marcie war mehr als nur ein bisschen enttäuscht, als sie sah, dass die neue Schule fast genauso aussah wie die *Sunnydale High*. Schließfächer säumten die Wände, und die Türen zu den Klassenräumen schlossen sich, sobald die Schulglocke ertönte und den Unterrichtsbeginn einläutete. Der einzige Unterschied war, dass die Flure leer zu sein schienen.

»Wir glauben, dass du hier glücklich sein wirst«, versicherte ihr Agent Doyle.

»Du passt genau hierher«, fügte Agent Manetti hinzu.

Sie blieben vor einem Klassenzimmer stehen. Die Tür öffnete sich wie von selbst. Der Raum wirkte, abgesehen von einer Lehrerin, die vorne stand, vollkommen leer.

Er war es aber keineswegs. Er war voll mit Schülern wie Marcie.

»Willkommen, Marcie. Bitte nimm Platz.« Die Lehrerin lächelte, als sie sich dem Rest ihrer Klasse zuwandte. »Okay, bitte schlagt Seite vierundfünfzig in euren Büchern auf.«

Sofort öffneten sich die Bücher. Für einen Außenstehenden sah es so aus, als bewegten sie sich von selbst. Aber Marcie wusste es besser. Sie warf einen Blick auf die Kapitelüberschrift: *Mord und Infiltration*.

»Cool«, murmelte sie leise.

Frankensteins Braut

Cordelia verzog das Gesicht, als sie an ihrem Mokka-Java nippte. Nicht genug Mokka. War es nicht immer dasselbe? Was soll's, dachte Cordelia. Sie konnte ohnehin nichts dagegen unternehmen. Die Coffee-Bar des *Bronze* war heute supervoll, und es würde ihr niemals gelingen, die Aufmerksamkeit des Angestellten, über den sie sich neulich lustig gemacht hatte, zu ergattern. Sie stand langsam auf und spazierte zu dem Tisch hinüber, an dem Harmony und einige der anderen bereits Platz genommen hatten. Sie hatten ihr am Kopfende einen Stuhl frei gelassen. Na also. Wenigstens *etwas*, das an diesem Abend im *Bronze* so war, wie es sein sollte.

Als sie über die Tanzfläche ging, erblickte Cordelia Buffy, Xander und Willow, die soeben durch die Tür des Clubs hereinkamen. Sie lächelte strahlend und fing an zu winken – als sie jedoch bemerkte, dass Harmony und die anderen *Cordettes* sie überrascht anstarrten, hielt sie schnell inne und griff sich stattdessen an den Kopf, um ihr Haar glatt zu streichen. Cordelia konnte es ihren Freunden eigentlich auch nicht verübeln. Es sah ja bestimmt seltsam aus, wenn Cordelia Chase die Kompanie der Bibliotheksnieten grüßte. Schließlich hatten Harmony und die anderen keine Ahnung, was Cordelia, Buffy, Willow und Xander erst kürzlich gemeinsam durchgestanden hatten.

Buffy war offensichtlich so eine Art Superheldin – bei all diesen merkwürdigen, unheimlichen Vorfällen, die sich um sie herum ereigneten. Dass Buffy stets in der Nähe war, wenn

Unheil drohte, war bestimmt kein Zufall. Und irgendwie war Cordelia nun in den Kreis der Jägerin gezogen worden.

Cordelia war befohlen worden, niemandem zu erzählen, dass Buffy die Jägerin war. Xander hatte ihr erklärt, dass sonst alles zerstört würde.

Cordelia lächelte leicht, als sie an Xander dachte. Wenn er sich ein bisschen mehr Mühe geben würde, könnte ... Sie verbot sich, an dieser Stelle weiterzudenken. Nein, einmal eine Niete, immer eine Niete.

Wenigstens hatte Cordelia das immer geglaubt. Aber zwischen dem letzten Schuljahr und diesem war so viel geschehen. Diese ganzen merkwürdigen Geschichten mit den Vampiren und dem Meister und all das. Cordelia war gerade in der Bibliothek gewesen, als Buffy den Meister, den mächtigsten aller Vampire, erwischt hatte. Hätte Buffy ihn nicht gestoppt, dann hätte er womöglich den Höllenschlund geöffnet und das Böse nach Sunnydale hereingelassen.

Cordelia hatte den schrecklichen Kampf zwischen Buffy und dem Meister mit angesehen. Überall waren Vampire gewesen – Cordelia hatte sogar einen von ihnen beißen müssen, damit er von ihr abließ. Cordelia schauderte, als sie sich an den Geschmack in ihrem Mund erinnerte – kein Kaugummi der Welt hätte ihn übertünchen können. Schließlich war es Buffy gelungen, den Meister durch das Oberlicht der Bibliothek zu schleudern. Und ihn mit einem spitzen Holzpflock zu pfählen. Ein Stoß – mitten durchs Herz.

Aber das war nicht das Ende des Kriegs zwischen Jägerin und Meister gewesen, der Kampf hatte noch ein Nachspiel gehabt, und Cordelia war irgendwie immer mitten ins Geschehen geraten. Als nämlich das Gefolge des Meisters sich entschlossen hatte, die Knochen ihres Anführers auszugraben, um ihn wieder zum Leben zu erwecken, hatten sie für dieses Ritual all diejenigen benötigt, die auch bei seinem Tod anwesend gewesen waren. Das hieß, sie hatten Cordelia gebraucht (und Willow und diese flotte Computerlehrerin Ms. Calendar natürlich ebenfalls, aber die schienen ja an solche Dinge gewöhnt zu sein). Cordelia war also einmal mehr in Lebensgefahr geraten – bis Buffy ihr zu Hilfe geeilt war und all diese schrecklichen Vampire erledigt hatte.

Das Schlimmste an diesem ganzen Martyrium – abgesehen von den Flecken in ihren Klamotten natürlich (die würde sie nie wieder rausbekommen!) – war Cordelias Gefühl, dass sich die Erlebnisse dieser schrecklichen zwei Nächte für immer in ihr Gedächtnis eingebrannt hatten. Sie würde nie vergessen, wie die Hand dieses Vampirs in ihrem Mund geschmeckt hatte oder wie groß ihre Angst gewesen war, als sie gedacht hatte, einer der Anhänger des Meisters würde ihr die Kehle aufschlitzen.

Und wer könnte vergessen, wie seltsam sich Buffy verhalten hatte, nachdem sie den Meister getötet hatte? Die Jägerin hatte ihre Freunde mit ihren merkwürdigen Aktionen ganz schön verwirrt. Angel hatte sie die kalte Schulter gezeigt, während sie Xander bei einem ziemlich heißen Blues im *Bronze* zuerst angemacht und ihn dann einfach nicht mehr beachtet hatte.

Aus irgendeinem Grund hatte es Cordelia richtig aufgeregt, mit anzusehen, wie die Jägerin Xander erst völlig heiß gemacht hatte, um ihn dann eiskalt stehen zu lassen. Sie hatte Buffy sogar gesagt, sie solle die Sache mit dem Meister mal langsam vergessen und aufhören, sich wie eine totale Idiotin zu benehmen. Ansonsten würde sie nämlich die wenigen Loser-Freunde, die sie hätte, auch noch verlieren.

Cordy war sich nicht sicher, wieso sie Buffy wegen ihres Zickenverhaltens Xander gegenüber angeblafft hatte. Oder wieso es ihr nicht egal war, ob die Jägerin ihre Freunde verlor oder nicht. Aber es war ihr nicht egal gewesen. Ganz und gar nicht.

Diese Gedanken – auch wenn sie ihr durchaus ernst waren – musste Cordelia natürlich vor ihren eigentlichen Freunden geheim halten. Sie würde den Leuten, die sie am besten kannten, niemals auch nur irgendwas davon erzählen können. Was ihr nicht zum ersten Mal zu denken gab: Kannten ihre so genannten Freunde sie überhaupt?

Plötzlich wurden Cordelias Gedanken jäh unterbrochen. Eine dunkle Gestalt zeichnete sich am Eingang ab – ein Mann. Seine Haare waren kurz und dick – von der Sorte, durch die man gerne mit der Hand fuhr. Außerdem war er gut gebaut. Das konnte Cordelia erkennen, obwohl seine Muskeln hinter einer dunklen Jacke verborgen waren. Dieser Typ war definitiv sexy, auch wenn er ein wenig älter war, als die Männer in Cordelias Fantasien es üblicherweise waren.

Er stand einfach da und sah zu, wie Buffy mit ihren Freunden tanzte. Er ging weder zu ihr hin noch versuchte er, irgendwie ihre Aufmerksamkeit zu erregen. Das Einzige, was er tat, war, sie anzustarren.

Cordelia seufzte, als sie erkannte, dass es sich um Angel handelte, diesen wahnsinnig attraktiven – und wahnsinnig seltsamen – Typen, der immer in Buffys Nähe herumzuhängen schien. Cordelia wusste nicht viel über ihn, außer dass er supersexy und geheimnisvoll war und dass er sich aus irgendeinem Grund wesentlich mehr für Buffy als für sie begeisterte. Was definitiv auf die Liste von Seltsamkeiten gehörte, die sich in Sunnydale ereigneten.

Alles war so verwirrend in letzter Zeit. Was Cordelia im Augenblick brauchte, war der Trost des Vertrauten – das wurde ihr gerade klar. Also schlenderte sie über die Tanzfläche zu Harmony und den anderen hinüber. An diesem Tisch würden Cordelia keine Dämonen begegnen – außer vielleicht ihre eigenen.

Buffy saß auf einem Grabstein auf dem Friedhof … und wartete. Sie war schon fast die ganze Nacht da, und allmählich wurde sie wütend. Sie hatte eine Verabredung – wenn man das so sagen konnte – mit dem gerade verstorbenen Stephan Korshak, der bald zu den Untoten gehören würde. Aber der Neuling ließ sich Zeit mit dem Aufstehen aus dem Grab.

Buffy griff in ihre Tasche und holte ein Jo-Jo-Spiel aus Plastik heraus. Irgendwie musste sie die Zeit ja rumkriegen. Leider konnte das hoch- und runterlaufende Spielzeug nicht dazu beitragen, dass sich die Laune der Jägerin verbesserte. »Komm schon, Stephan, steh auf«, drängte Buffy den Leichnam und spielte mit dem hölzernen Pflock in ihrer linken Hand, während sie mit dem Jo-Jo in der rechten weiter ihr Lieblingskunststück übte. »Es gibt Leute, die noch tonnenweise Hausarbeiten zu machen haben.«

»Hey!«, sagte eine tiefe, weiche Stimme hinter ihr und erwischte sie total unvorbereitet. Die Jägerin fuhr herum, von dem Geräusch aufgeschreckt.

Angel lächelte ein wenig über Buffys Reaktion. »Komme ich ungelegen?«

Buffy sprang von dem Grabstein hinunter und versuchte, sich wieder zu fangen. »Bist du wahnsinnig?«, fuhr sie ihn an. »Du kannst doch nicht einfach jemandem auf einem Friedhof auflauern. Du ... Trampel ... du Hinterwäldler!«

Angel ließ ihre Wut an sich abprallen. »Ich hörte, dass du auf der Jagd bist.«

Buffy nickte langsam. »Sollte ich zumindest«, gab sie zu. Dann warf sie noch einmal einen Blick auf Stephans Grab. »Der faule Knochen hier will nicht zum Spielen rauskommen.«

Angels Augen flogen zu dem Grabstein. Er registrierte das erst sehr kurz zurückliegende Todesdatum, das in den grauen Stein gemeißelt war. »Wenn man zum ersten Mal aufwacht, ist man noch ganz schön desorientiert. Er wird schon auftauchen.«

Buffy blickte in Angels dunkle Augen. Es wäre so einfach zu vergessen, wer er war, *was* er war. Er wirkte so menschlich, wenn er nicht sein Vampirgesicht trug – bis er dann solche Sachen erwähnte wie, dass er von den Toten erwacht war. »Es ist merkwürdig, sich vorzustellen, dass du das auch tust«, sagte sie leise zu ihm.

»Es ist auch merkwürdig, es zu tun.« Angel blickte auf dem Friedhof herum, als würde er jemanden suchen. »Bist du ... allein hier?«, fragte er schließlich.

»Ja. Warum?«

Angel schaute weg. »Ich dachte bloß, du hättest jemanden bei dir ... Xander oder sonst irgendwen.«

Buffy schien verwirrt zu sein. »Xander?«

Angel sah ein wenig nervös aus. »Oder sonst irgendwen.«

Buffy musste über Angels offensichtliches Unbehagen lächeln. »Nein. Du bist doch nicht eifersüchtig?«

Angel stellte sich etwas aufrechter hin und blies die Wangen auf. »Auf Xander? Ich bitte dich. Er ist doch noch ein Kind.«

Buffy musste sich ein Lachen verbeißen. Männer – selbst 241 Jahre alte Vampirmänner – konnten so kindisch sein. »Ist es, weil ich mit ihm getanzt habe?«, neckte sie ihn.

»Getanzt ist wohl nicht das richtige Wort«, gab Angel wütend zurück. Er konnte seine Gefühle nicht mehr länger kontrollieren. »›Mit dem du ein Paarungsritual aufgeführt hast‹, kommt der Sache wohl näher.«

Das war ein Tiefschlag. »Findest du nicht, dass du jetzt ein bisschen unfair wirst?«, fragte sie wütend. »Ein kleiner Tanz, und du weißt genau, dass ich es nur getan habe, um dich zu provozieren, was mir offenbar«, sie sah ihn triumphierend an, »mehr als gelungen ist.«

»Ich bin nicht eifersüchtig!«

»Ach, du bist also nicht eifersüchtig!«, konterte Buffy. »Wieso? Werden Vampire nicht eifersüchtig?«

»Immer wenn wir aneinander geraten, kommst du mit diesem Vampirkram.«

»Ich bin nicht hierher gekommen, um mit irgendwem aneinander zu geraten«, versicherte Buffy.

Dann kam der Schlag! Buffy ging zu Boden. Stephan Korshack hatte es endlich geschafft.

»Ach ja, richtig ... bin ich doch«, erinnerte sich Buffy an ihre eigentliche Aufgabe, warf den Vampir von sich und stand auf. Sie hielt immer noch den Jo-Jo in der Hand, aber der würde ihr jetzt nicht viel helfen. »Wo ist mein Pflock?«

Sie hatte jedoch keine Zeit mehr, nach ihrem Pflock zu suchen. Stephan kam auf sie zu. Er hatte sich einen Spaten gepackt, der in der Nähe stand, und war im Begriff, Buffy den Schädel zu spalten.

Doch bevor der Vampir den Angriff ausführen konnte, ging Angel auf ihn los. Stephan begrüßte den älteren Vampir mit einem Schlag auf den Kopf. Buffy bewegte sich inzwischen instinktiv auf Stephan zu. Noch einmal richtete der junge Vampir seinen Spaten auf, um ihn gegen die Jägerin zu schleudern. Aber diesmal war sie bereit. Sie hob einen Arm, fing den Spaten ab und brach mit einer einzigen Bewegung den hölzernen Griff entzwei, sodass ein spitzes, ausgefranstes Ende übrig blieb. Voilà, ein Pflock! Schnell sprang sie auf Stephan zu und rammte ihm den Spatengriff ins Herz. Der Vampir zerfiel sofort zu Staub.

Buffy grinste triumphierend. Wieder ein Punkt für die Jägerin.

Aber offenbar waren Buffys Kämpfe noch nicht vorbei. Sie sah zu Angel hinüber, der gerade den Teil seines Kopfes rieb, der mit Stephans Spaten in Kontakt gekommen war. Er sah immer noch wütend aus, und Buffy hatte so das Gefühl, dass nicht Stephan das Objekt seiner Wut war.

»Und was meinst du mit: ›Der ist doch noch ein Kind?‹«,

griff Buffy ihre Streitfrage wieder auf, bevor es Angel tun konnte. Angriff ist die beste Verteidigung. »Soll das heißen, dass ich auch noch ein Kind bin?«

Angel öffnete seinen Mund, um etwas zu sagen, überlegte es sich dann jedoch anders. Er schüttelte traurig den Kopf. »Hör zu, es war offenbar ein Fehler, heute Nacht hierher zu kommen.« Er drehte sich um und ging davon.

Buffy sah ihm einen Moment hinterher und beeilte sich dann, ihn einzuholen. »Nein, ist es nicht«. Sie bemühte sich, Schritt zu halten. »Du kannst dich nicht einfach umdrehen und weggehen. Da braucht es schon etwas mehr, um mich loszuwerden.«

Angel wandte sich um, als Buffys Stimme plötzlich erstarb. Die Jägerin war nirgends zu sehen. Er schaute hinunter zu seinen Füßen. Dort unten, etwa zwei Meter unter ihm, lag die Jägerin in einem leeren, mit Seide ausgeschlagenen Sarg. »Alles in Ordnung?«, fragte er und konnte seine Belustigung kaum verbergen.

Buffy setzte sich auf. »Ich wünschte nur, die Leute würden ihre Gräber nicht einfach so offen stehen lassen.« Sie streckte Angel ihre Hand entgegen, damit er ihr aus dem Grab heraushelfen konnte, aber der Vampir hatte seine Aufmerksamkeit bereits etwas anderem zugewandt.

»Dann ist heute Nacht also noch ein Vampir aus seinem Grab gestiegen«, meinte er nachdenklich, während er den Friedhof mit den Augen absuchte.

Buffy schüttelte ruhig den Kopf. »Das glaube ich nicht.« Sie befühlte den Satin in dem erst kürzlich eingegrabenen Sarg und schüttelte sich. Das war ja extrem unheimlich. »Wer auch immer hier begraben war, ist nicht aus seinem Grab gestiegen.« Sie zog sich unter Aufbietung all ihrer Kräfte aus dem Loch heraus und lief zu zwei flachen Vertiefungen im Gras. Sie beugte sich hinunter, hob einen gepflegten weißen Damenschuh vom

Boden auf und sah Angel direkt in die Augen. »Sie ist aus ihrem Grab *herausgezerrt* worden.«

Früh am nächsten Morgen saß Rupert Giles in der Bibliothek, mit dem Rücken zur Eingangstür, die offen stand. Er hatte keine Ahnung, dass er dabei beobachtet wurde, wie er nervös herumfuchtelte, gestikulierte und seine Arme durch die Luft schwang und einen hölzernen Bibliotheksstuhl um eine Verabredung bat.

Oder wenigstens wirkte es in den Augen der zwei heimlichen Zuschauer so, als würde er das tun.

»Was ich Ihnen also vorschlagen wollte ... und ich möchte wirklich nicht aufdringlich erscheinen ... ist eine gemeinsame Aktivität ... eine Verabredung, wenn Sie so wollen. Wenn Sie dem gegenüber aufgeschlossen sind ...« Er hielt inne und seufzte. »Idiot!«, beschimpfte er sich selbst.

»Mein lieber Mann, wir haben gar nicht gewusst, wie gern du diesen Stuhl hast«, drang es neckend von der Tür herein.

Giles erschrak und machte einen Satz zurück, als er Buffy und Xander erblickte, die ihn amüsiert ansahen.

»Oh, äh, ich ...«, murmelte Giles nervös. »Ich war gerade dabei, etwas auszuarbeiten ...«

»Deine Anmachsprüche?«, fragte Buffy ihn.

Ertappt.

Giles errötete heftig. »In gewisser Weise ja.«

»Wenn es dir nichts ausmacht, einen Rat von mir anzunehmen«, fuhr sie fort: »Ich würde das mit dem ›Idiot‹ weglassen. Jemand, der Idiot genannt wird, tendiert dazu, die Lust an einer Verabredung zu *verlieren.*«

»Also mich turnt das ja an«, warf Xander ein.

Buffy sah Xander erstaunt an. »Du machst mir Angst.« Dann fügte sie, nun wieder an den eindeutig nervösen Bibliothekar gewandt, hinzu: »Außerdem solltest du vielleicht Worte wie

›aufgeschlossen‹ und ›aufdringlich‹ vermeiden. Sei nicht so steif, du redest ja, als wärst du immer noch in …«

»England?«, fragte Giles.

»Ja«, pflichtete ihm Buffy bei. »Sag doch einfach: ›Hey, ich glaub, ich hab mich verknallt, vielleicht hast du ja auch was für mich übrig, dann könnten wir doch mal zusammen losziehen.‹« Giles verzog das Gesicht. »Na ja, vielen Dank, Herr *Cyrano von Bergerac.*«

»Ich bin noch nicht fertig«, ließ Buffy nicht locker. »Dann fragst du: ›Wie wär's mit mexikanisch?‹«

»Mexikanisch? Was soll denn mit mexikanisch sein?« Giles war inzwischen komplett von der Rolle.

»Na, das Essen: mexikanisches *Essen*«, erklärte Buffy, die nicht verbergen konnte, wie sehr Giles' komplette Unbedarftheit sie erstaunte.

»Du führst sie zum Essen aus … welches du dann auch bezahlst.«

»Oh, ja, richtig.«

Xander blickte zwischen dem Bibliothekar und dem Stuhl, mit dem er gesprochen hatte, hin und her. »Die Stuhl-Lady, über die wir hier reden, ist Ms. Calendar, stimmt's?«

Giles seufzte. Diesen amerikanischen Teenagern entging aber auch nichts. »Wie kommst du darauf?«, fragte er rasch.

Xander grinste. Er liebte es, derjenige zu sein, der etwas herausfand – leider passierte das nicht allzu oft. »Eine einfache Schlussfolgerung«, erklärte er. »Ms. Calendar ist ziemlich attraktiv, vor allem für jemanden deiner Altersgruppe; und sie weiß bereits, dass du ein Schulbibliothekar bist, daher brauchst du dir keine Sorgen darüber zu machen, wie du ihr diese peinliche Mitteilung machen sollst …«

»Außerdem ist sie die einzige Frau, mit der wir dich je haben sprechen sehen«, unterbrach ihn Buffy. »Wenn du das alles zusammenzählst, kann es also gar keine andere Lösung geben.«

Xander warf Giles einen sehr väterlichen Blick zu. »Also, dann ist es ja jetzt vielleicht an der Zeit, dass wir mal von Mann zu Mann reden, was meinst du?«, neckte er ihn.

»Weißt du, ich habe mir ganz plötzlich überlegt, dass dich das überhaupt nichts angeht«, antwortete Giles.

Aber Xander ließ sich nicht abwimmeln. »Diese ganze Geschichte mit dem Klapperstorch war nämlich nur ein Märchen, weißt du«, fuhr er fort.

Giles wusste, dass ihm keine andere Wahl blieb, als das Thema zu wechseln. Er drehte sich Buffy zu und fragte demonstrativ: »Und, dann erzähl doch mal, wie es gestern Nacht gelaufen ist bei dir. Ist Mr. Korshack planmäßig aufgetaucht?«

»Mehr oder weniger. Angel und ich haben uns seiner angenommen«, versicherte die Jägerin ihm.

»Angel!« Xander schnaubte angeekelt.

Buffy ignorierte ihn. »Da ist allerdings noch etwas. Ich habe ein leeres Grab gefunden.«

Mehr war nicht nötig, um ein bisschen Leben in Giles' ansonsten eher steife und vornehm zurückhaltende Miene zu bringen. »Grabplünderung«, meinte er nachdenklich. »Nun, das ist etwas Neues. Interessant.«

Buffy zog eine Grimasse. »Ich nehme mal an, du wolltest eigentlich ›ekelhaft‹ und ›beunruhigend‹ sagen.«

»Ja, natürlich«, stimmte Giles verlegen zu. »Das ist eine schreckliche Sache. Dem müssen wir ein Ende machen.« Er hielt einen Moment inne und kämpfte gegen das aufgeregte Lächeln an, das sich wieder auf seinem Gesicht breit machen wollte. Dann fügte er schnell ein »Teufel auch!« hinzu, um seine Freude zu überspielen.

»Wieso öffnet denn jemand Gräber?«, fragte Xander.

Giles dachte einen Augenblick darüber nach, aber ihm kamen keine spontanen Antworten in den Sinn. »Ich werde ein paar Theorien zusammenstellen«, sagte er schließlich. »Es könnte allerdings hilfreich sein zu wissen, um wessen Leichnam es sich handelte.«

»Meredith Todd«, klärte ihn Buffy auf. Sie wandte sich zu Xander um. »Klingelt's da bei dir?«

Xander schüttelte den Kopf. Der Name sagte ihm nichts.

»Sie ist erst kürzlich gestorben«, meinte Buffy, um seinem Gedächtnis auf die Sprünge zu helfen, »und sie war in unserem Alter.«

Xander dachte eine Weile nach, doch ihm fiel nichts dazu ein. »Absolute Fehlanzeige«, gab er schließlich zu.

»Warum bitten wir Willow nicht, dieses Ding da in Gang zu setzen?« Giles zeigte auf einen Bibliothekscomputer, ohne ihm jedoch zu nahe zu kommen. Giles hatte vor nichts so große Angst wie vor Computern. Was etwas heißen sollte, immerhin war er ein Wächter. »Damit könnten wir Meredith aufspüren«, schlug er vor.

Buffy nickte. Dann fragte sie sich, wo Willow eigentlich abgeblieben war. Sie hatte sie schon eine ganze Weile nicht mehr gesehen.

Genau in diesem Augenblick stand Willow mit dem Clipboard in der Hand in der Schulaula. Es war an der Zeit, sich für den alljährlichen Forschungswettbewerb der *Sunnydale High School* anzumelden, und Willow war sehr aufgeregt. Sie hatte ein großartiges Projekt im Kopf – eins, mit dem sie Chancen auf den ersten Preis hatte.

Als Willow ihren Namen oben in das Anmeldeformular eintrug, blitzte irgendwo in der Nähe ein Blitzlicht auf. »Sieh dir diese Beine an«, sagte ein Schüler namens Eric und hechelte laut, während er den Film in seiner Kamera spannte.

Willow drehte sich um und sah Eric böse an. Sie hatte wenig Nachsicht mit diesem aggressiven, dunkelhaarigen Typen. Er gehörte zu der Sorte von Jungs, die strebsame Schüler überall schlecht machten.

Dann trat ein etwas größerer Junge mit hellen Haaren und einem melancholischen Blick zu Willow. »Eric, zieh Leine«, sagte Chris Epps zu seinem Freund.

Willow lächelte und schaute schüchtern über Chris' Schulter, um zu sehen, was er auf sein Clipboard schrieb. Chris blickte plötzlich auf und war erstaunt zu sehen, dass Willow so in sein Anmeldeformular vertieft war.

»Hey, Chris«, sagte Willow möglichst beiläufig. »Ich hab mich nur gerade gefragt, was du wohl dieses Jahr vorhast.«

Chris grinste verschmitzt. »Wieso?«

»Na ja, weil du jedes Jahr gewinnst und ich nur Zweite werde«, erklärte Willow. »Ich dachte mir, da gucke ich doch mal, wogegen ich antrete.«

Chris lächelte Willow an und wirkte plötzlich weder schüchtern noch unglaublich gelehrt – obwohl er beides war. Er wirkte einfach wie ein ganz normaler Junge. »Weißt du, was der Witz ist?«, vertraute er ihr an. Willow schüttelte den Kopf. »Wenn Dr. Clark dein Experiment nicht versteht, benotet er es besser, damit es so aussieht, als verstünde er es.« Chris warf einen Blick auf Willows Anmeldeformular und las den Namen ihres Projekts laut vor: »›Die Auswirkungen des Entzugs des subvioletten Lichtspektrums auf das Wachstum von Fruchtfliegen.‹« Er schenkte ihr ein beifälliges Lächeln. »Das müsste funktionieren.«

Willow grinste. Sie liebte den Forschungswettbewerb und alles, was damit zusammenhing. Sogar, dass sie andauernd gegen Chris verlor. Denn das verschaffte ihr wenigstens eine Herausforderung.

Cordelia teilte Willows Begeisterung hingegen nicht. Ganz im Gegenteil, das Ausfüllen ihres Anmeldeformulars versetzte sie regelmäßig in schlechte Stimmung. »Okay, ich mach's, aber nur unter Protest«, sagte sie einfach so in den Raum hinein. »Es ist nicht fair, dass die Teilnahme am Forschungswettbewerb dieses Jahr nicht freiwillig ist. Ich finde, niemand sollte zu etwas in der Schule gezwungen werden, was er nicht will.«

Willow blickte über Cordelias Schulter und las den Projektnamen, den sich die Cheerleaderin ausgedacht hatte: »›Die Tomate – Frucht oder Gemüse?‹« Willow verdrehte die Augen. »Ich will etwas machen, das ich an einem Wochenende fertig kriege, kapiert?«, erklärte Cordelia und seufzte noch einmal bekräftigend.

Dann kniff die Ballkönigin plötzlich die Augen zusammen, als ein Blitzlicht sie anblitzte. »Hör auf damit!«, befahl sie Eric. »Was glaubst du, was du da tust?« Cordelia zeigte zur Decke der Schulaula. »Wir stehen direkt unter einer Leuchtstoffröhre, verdammt noch mal!«

Eric lächelte schüchtern, was nur dazu führte, dass er noch schmieriger und bescheuerter aussah als sonst. »Ach, komm schon. Die Kamera liebt dich, selbst unter Leuchtstoffröhren.«

»Ich dachte, ihr Jahrbuch-Fuzzis erwacht nicht vor dem Frühjahr aus eurem Winterschlaf«, meinte Cordelia.

Eric grinste sie fast ekelhaft anzüglich an: »Das ist für meine Privatsammlung.«

Chris ging zu seinem Freund hinüber. »Wirst du jetzt damit aufhören?«, drängte er ihn.

Eric antwortete ihm, indem er noch mal sein Blitzlicht betätigte und ein Foto von Buffy Summers schoss, die soeben zur Tür hereinkam.

»Lass mich mal durch«, sagte Buffy und schob Eric buchstäblich beiseite, um zu ihrer Freundin zu gelangen. »Hey, Willow. Tut mir Leid, wenn ich dich störe, aber ... wir haben wieder Fledermaus-Alarm.«

»Klar, okay«, erwiderte Willow. Sie hatte den Wink ihrer Freundin verstanden und wandte sich zum Abschied noch einmal an Chris. »Bis dann. Und danke für den Tipp.«

Cordelia blieb noch einen Augenblick stehen, als Buffy und Willow davongingen. Zu häufig mit diesen beiden gesehen zu werden konnte definitiv ihrem guten Ruf schaden. Aber als sie sah, dass Eric schon wieder anzüglich in ihre Richtung grinste, beschloss Cordelia, dass es das Risiko wert war. Schnell eilte sie den beiden Mädchen hinterher.

»Cordelia ist so lieblich«, schnurrte Eric mit einem bösartigen Grinsen. »Sie wäre einfach perfekt für uns.«

Chris blickte seinen Freund ernst an, und dabei stand in seinen Augen eine nicht gerade undeutliche Warnung. »Führ dich nicht so dämlich auf«, sagte er. »Sie ist lebendig.«

Willow setzte sich vor einen der Bibliothekscomputer und gab ihr Passwort ein. »Das dürfte schnell gehen«, versicherte sie Buffy, Xander und Giles. »Ich bin wahrscheinlich das einzige Mädchen in der Schule, das die Website der Untersuchungskommission für nicht eindeutig natürliche Todesfälle in ihre Lieblings-Bookmarks aufgenommen hat.«

Noch bevor Willow die Website öffnen konnte, platzte Cordelia zur Tür herein. »Hi«, grüßte sie die *Scoobies* und versuchte dabei, so freundlich zu klingen, wie sie nur konnte. »Tut mir Leid, wenn ich eure kleine Untoten-Spielgruppe störe, aber ich muss Willow fragen, ob sie mir bei meinem Projekt für den Forschungswettbewerb hilft.«

»Es ist eine Frucht«, sagte Willow trocken, ohne ihre Augen vom Bildschirm zu nehmen.

»Ich würde ja Chris fragen, ob er mir hilft, aber« – Cordelia schlug sich die Hand vor den Mund und wurde ganz weinerlich – »das würde mich zu sehr an Daryl erinnern.«

Buffy war drauf und dran zu fragen: »Welchen Daryl?«, aber ein begeisterter Aufschrei von Willow hinderte sie daran. »Ich hab's gefunden«, rief Willow.

Buffy und Xander versammelten sich um den Bildschirm

und ließen Cordelia links liegen. »Dem hier zufolge ist Meredith Todd letzte Woche bei einem Autounfall gestorben.«

Welche Meredith? Cordelia ließ sich nicht beirren. »Ich habe natürlich gelernt, mit meinem Schmerz umzugehen …«, fuhr sie klagend fort.

Buffy war offensichtlich auf etwas anderes konzentriert. »Und wie sah ihr Hals aus?«, fragte sie Willow.

»Gut … abgesehen davon, dass ihr Genick gebrochen war«, erwiderte Willow.

Gut. Jetzt zurück zu mir. »Hallo?«, unterbrach Cordelia. »Können wir uns bitte über meinen Schmerz unterhalten?«

Xander verdrehte die Augen. »Ganz ruhig, nicht weinen«, erwiderte er trocken und schlug ihr teilnahmslos auf die Schulter. Dann drehte er sich zu Willow um.

»Da steht, Meredith und zwei andere Mädchen, die im Auto saßen, waren sofort tot. Sie gehörten alle zu den Cheerleaderinnen an der *Fondren High School* und waren unterwegs zu einem Spiel.«

»Ihr wisst, was das bedeutet«, begann Buffy.

»Dass die *Fondren High School* Sunnydale in diesem Jahr beim städtischen Leichen-Rekord-Wettbewerb schlägt?«, witzelte Xander.

»Es bedeutet, dass sie nicht von Vampiren getötet wurden«, informierte Buffy sie. »Also hat jemand ihren Leichnam ausgegraben.«

Cordelia zog die Nase kraus und setzte einen absolut angeekelten Blick auf. »Igitt! Wie kommt es eigentlich, dass in jedem eurer Gespräche das Wort ›Leichnam‹ vorkommt?«

Buffy und ihre Freunde beachteten Cordelia nicht. »Okay, dann haben wir es mit einem Leichenräuber zu tun«, dachte Xander laut nach. »Was mag das bedeuten?«

Giles hielt ein altes, vergilbtes Buch hoch. »Nach diesem Buch hier könnten es Dämonen sein, die das Fleisch von Toten essen, um ihre Seele in sich aufzunehmen. Oder es könnte jemand sein, der Voodoo-Zauber ausübt.«

»Du meinst, um einen Zombie zu erschaffen?«, unterbrach Willow.

»Wahrscheinlich eher gleich mehrere«, erklärte Giles. »Für gewöhnlich braucht ein Voodoo-Priester für seine Ziele mehr als nur einen Zombie.«

Buffy dachte einen Augenblick nach. »Dann sollten wir nachsehen, ob die anderen Mädchen aus diesem Unfall noch friedlich in ihren Gräbern schlummern oder ebenfalls fehlen«, schlug sie vor. »Es hilft uns vielleicht herauszufinden, was dieser Widerling vorhat, wenn wir wissen, ob er's auf Masse abgesehen hat.«

Xander nickte. »Sollen wir also die anderen Gräber heute Nacht öffnen?«

»Oh, wow!«, meldete Willow sich aufgeregt zu Wort. »Ein Schulausflug.« Sie wandte sich Buffy zu. »Wirst du Angel herbitten?«

Buffy verzog das Gesicht und wurde still. »Ich glaube nicht.«

Xander konnte sein Lächeln nicht verbergen. »Ja, was sollen wir auch mit ihm?«

»Wir waren sozusagen ... ach, was soll's. Angel geht davon aus, dass ich heute Nacht frei habe, okay?«

Damit hatte Xander kein Problem. »Also, dann ist ja alles klar. Sagen wir gegen neun? Und jeder bringt seine eigene Schaufel mit.«

»Ich bringe was zu essen mit. Wer mag diese kleinen Apfelberliner mit Puderzucker?«, fragte Willow. Xanders Hand schoss hoch. Will lächelte und blickte quer über den Tisch. »Cordelia?«

Cordelias Augen waren vor Erstaunen geweitet. Apfelberliner? Tote? Nein danke, das war nichts für sie. »Verdammt, ich habe heute Abend Cheerleader-Training«, sagte sie rasch zu den anderen. »So ein Mist, ich wünschte, ich hätte eher gewusst, dass ihr Tote ausgraben werdet; dann hätte ich das Training abgesagt.«

Xander zuckte mit den Achseln. »In Ordnung«, sagte er zu Cordelia, »aber wenn du einem Haufen Zombies begegnen solltest, könntest du uns dann eine SMS schicken, bevor sie dein Fleisch fressen?«

Das war ein Scherz. Das war ganz bestimmt ein Scherz. Cordelia drehte sich um und eilte aus der Bibliothek hinaus.

Giles blickte Xander böse an. »Xander, Zombies fressen kein Fleisch von lebenden Personen«, erklärte er.

Xander lachte. »Ja, das wusste ich. Aber hast du ihren Gesichtsausdruck gesehen?«

In dieser Nacht traf sich die Scooby-Gang am Grab von Cathy Ryan, einem siebzehn Jahre alten Mädchen, das bei demselben Verkehrsunfall ums Leben gekommen war wie Meredith Todd. Giles und Xander machten sich direkt daran, ihr Grab auszuheben, während Willow und Buffy in der Nähe gegen einen Grabstein gelehnt dasaßen, Apfelberliner mit Puderzucker aßen und heißen Kaffee tranken.

»Er ist total eifersüchtig geworden und hat es noch nicht mal zugegeben«, erzählte Buffy ihrer besten Freundin, während sie an Angels Verhalten in der vorausgegangenen Nacht zurückdachte.

»Worauf ist er denn eifersüchtig?«, fragte Willow.

»Auf Xander!«

Das erschien Willow absolut plausibel. »Weil du mit ihm diesen heißen Tanz hingelegt hast?«

Buffy sah verlegen zu Boden. »Wird mich das mein Leben lang verfolgen?«

»Ach was«, erwiderte Willow unbekümmert.

Buffy bemerkte den neckischen Ton in Willows Stimme,

aber sie meinte es ernst. »Er hat jedenfalls völlig irrational reagiert.«

Willow zuckte mit den Schultern. »Wenn man verliebt ist, tut man eben die verrücktesten Dinge.«

»Das ist wahr.«

In diesem Moment blickte Xander von dem immer größer werdenden Loch in Cathy Ryans Grab auf. »Wisst ihr was? Das hier würde viel schneller gehen, wenn ihr Tussen euch auch eine Schaufel nehmen würdet.«

»Tschuldigung«, erwiderte Buffy lachend. »Aber da bin ich altmodisch. Ich bin noch so erzogen worden, dass die Männer die Leichen ausgraben und die Frauen die Kinder kriegen.« Sie ignorierte Xanders verärgerten Blick und wandte ihre Aufmerksamkeit wieder Willow zu. »Wo wir gerade über verrückte Dinge sprechen: Was war das eben für eine Leier, die Cordelia da abgelassen hat von wegen schmerzhafter Erinnerungen? Wer ist Daryl?«

»Daryl Epps«, erklärte Willow. »Chris' älterer Bruder. Er war ein großer Footballstar. Alle Mädchen waren verrückt nach ihm.«

»Und er hat Cordy das Herz gebrochen?« Buffy hielt einen Moment inne. »Und möglicherweise dessen Existenz bewiesen«, fügte sie trocken hinzu.

»Er ist gestorben«, sagte Willow ruhig. »Beim Bergsteigen oder so. Er ist abgestürzt.«

»Oh Mann. Das ist ja übel. Armer Chris.«

Willow nickte. »Seitdem ist er echt ... still geworden. Lebt irgendwie in seiner eigenen Welt. Und ich habe gehört, dass seine Mutter das Haus nicht mehr verlässt.«

Buffy nickte. Aber bevor sie irgendetwas sagen konnte, hörten die Mädchen Klopfgeräusche aus dem offenen Grab.

»Ich glaube, wir sind unten angekommen«, rief Giles zu ihnen hoch.

Buffy und Willow spähten über den Rand des Grabes, während Giles und Xander den letzten Rest Erde von Cathys Sarg wischten.

»Übrigens, hoffen wir eigentlich, darin eine Leiche zu finden, oder nicht?«, fragte Willow.

»Du darfst mich gern einen Optimisten nennen, aber ich hoffe, darin ein Vermögen in Goldmünzen zu finden«, schwafelte Xander.

Buffy dachte sorgfältig über Willows Frage nach. »Wenn wir eine Leiche finden, könnte das heißen, dass wir es mit einem Fleisch fressenden Dämonen zu tun haben«, überlegte sie laut. »Wenn wir keine Leiche finden, deutet das eher auf die Variante mit den Zombies hin. Sucht euch was aus.«

Xander blickte auf den Sargdeckel hinunter.

»Mach ihn auf«, sagte Giles zu ihm.

»Du bist näher dran«, wehrte sich Xander.

Buffy verdrehte die Augen. »Ist es zu glauben? Los, mach mal Platz«, befahl sie, ließ sich in das Grab hinabsinken und streckte die Hand nach dem Griff aus, um den Sarg zu öffnen.

Cordelia war in der Zwischenzeit mit ihren eigenen Problemen beschäftigt. Der Cheerleader-Truppe waren nämlich zwei entscheidende Dinge abhanden gekommen: Pep und die nötige Begeisterung. Während sie auf den Parkplatz hinausging, erklärte sie zwei Mitgliedern der Truppe die Bedeutung dieses Problems. »Wenn ihr das bis morgen nicht hinkriegt, dann brauchen wir gar nicht erst aufzutreten. Arbeitet dran.«

Nachdem sie Cordelia versprochen hatten, es am nächsten Tag besser zu machen, stiegen die beiden Cheerleaderinnen in ihr Auto und fuhren davon. Cordelia blieb allein auf dem nur spärlich beleuchteten Parkplatz zurück.

Zunächst bemerkte sie nichts Ungewöhnliches. Aber plötzlich überkam sie ein unheimliches Gefühl. Irgendjemand beobachtete sie auf ihrem Gang durch die Dunkelheit, da war sie sich ganz sicher. Ihre Fähigkeit, die Anwesenheit anderer zu erspüren, hatte sich in den letzten Monaten erheblich entwickelt – wahrscheinlich nicht zuletzt dank dieser gruseligen Marcie, die sie in ihrem zweiten High-School-Jahr verfolgt hatte. Und auch jetzt hatte Cordelia keinen Zweifel, dass sie nicht allein war. »Hallo?«, rief sie ängstlich quer über den Parkplatz.

Aber niemand antwortete. Rasch fischte Cordelia in ihrer Tasche nach ihrem Schlüssel und eilte Richtung Auto. Außer den leisen Schritten ihrer weißen Chearleader-Schuhe war kein Geräusch auf dem Parkplatz zu hören. »Xander Harris«, rief sie laut in die dunkle Stille, »wenn du das witzig findest ...«

Noch immer keine Antwort.

Als Cordelia an ihrem Auto angekommen war, steckte sie mit zitternden Händen den Schlüssel ins Schloss und versuchte panisch, die Tür zu öffnen, aber sie hatte völlig die Kontrolle über ihre Finger verloren. Die Schlüssel fielen zu Boden und rutschten unter das Auto. Schnell bückte sich Cordelia, um sie aufzuheben. Als sie unter den Wagen schaute, fiel ihr Blick auf ein Paar schwarze Schuhe, die auf der anderen Seite zu sehen waren. Sie erschrak zu Tode – einen Moment lang war sie wie gelähmt vor Angst. Der lange schwarze Schatten begann, um den Wagen herum auf sie zuzugehen. Jetzt wurde es höchste Zeit abzuhauen. Cordelia erwachte aus ihrer Starre, raste über den Parkplatz und suchte nach einem guten Versteck. Als solches bot sich leider nur der Müllcontainer der Cafeteria an. Aber der Ballkönigin blieb keine Zeit, sich vor irgendwelchen Essensresten oder schmutzigen Servietten zu ekeln.

Cordelia blieb so lange in der Dunkelheit des Müllcontainers hocken, bis sie das Gefühl hatte, eine halbe Ewigkeit dort verbracht zu haben. Schließlich hob sie langsam und ganz vorsichtig ihren Kopf über den Rand. Sie blickte hinaus, fasste sich an die Brust und schrie los – bis sie begriff, dass sie direkt in Angels dunkelbraune Augen starrte.

»Cordelia«, sagte er ruhig und schaute sich auf dem dunklen, leeren Parkplatz um. »Das ist nun wirklich der letzte Ort, an dem ich dich vermutet hätte.«

»Oh Gott ... oh Gott«, schnaufte Cordelia, während sie versuchte, sich zu beruhigen. »Du bist es. Warum bist du mir gefolgt?«

»Ich war zuerst nicht sicher, ob du es bist. Ich suche Buffy.«

Cordelia konnte nicht verbergen, dass sie ein wenig enttäuscht war. »Buffy?«, fragte sie. »Na ja, die ist auf dem Friedhof.«

Auf Angels Gesicht zeichnete sich Überraschung und Enttäuschung ab. »Sie hatte mir doch gesagt, sie wäre zu Hause«, dachte er laut nach.

Cordelia zuckte mit den Achseln. »Dann hat sie gelogen. So ist sie eben.«

Angel hatte eindeutig das Gefühl, getäuscht worden zu sein, das sah man ihm deutlich an. Cordelia hatte eine Menge Erfahrungen mit Jungs. Sie wusste, dass dies ihre Chance war. Nimm ihn dir, solange er verletzt ist, sagte sie zu sich und schenkte Angel ein strahlendes Lächeln. »Aber du hast Glück«, sagte sie zu ihm. »Zufällig habe ich heute Abend noch nichts vor.« Kokett hielt sie Angel ihre Hand hin, damit er ihr aus dem Container half. Angel nahm widerstrebend ihre kleine Hand und zog daran. Cordelia versuchte aufzustehen, bemerkte jedoch, dass ihr kurzer gelbblauer Cheerleader-Rock sich in irgendetwas verfangen hatte. »Warte. Mein Rock hängt fest«, erklärte sie und drehte sich um, um ihre Uniform loszumachen. Als sie sich erfolgreich befreit hatte, stellte Cordelia sich aufrecht hin und lächelte. »Na also, jetzt –«

Aber Cordelia kam nicht mehr dazu, diesen Satz zu beenden. Ihre Schreie verschluckten den Rest ihrer Worte, als sie entdeckte, dass es eine menschliche Hand war, die ihren Rock festgehalten hatte … eine einzelne Hand ohne dazugehörigen Körper.

Die Scooby-Gang betrat mit den Schaufeln in der Hand die Schulbücherei. So eingenommen von den Ergebnissen ihrer Grabungen auf dem Friedhof, fiel ihnen gar nicht auf, dass das Licht im Raum brannte, obwohl die Schule bereits seit Stunden abgeschlossen war.

»Also, beide Särge sind leer, dass heißt, die drei Mädels sind für unsere Zombie-Armee auserwählt«, bemerkte Xander.

»Ist das schon eine Armee, wenn man nur zu dritt ist?«, fragte sich Willow.

Buffy öffnete den Mund, um etwas darauf zu erwidern, aber bevor sie dazu kam, ertönte eine tiefe, ruhige Stimme, in der ein Hauch von Bitterkeit lag: »Ihr seid zurück?«

Angel war in der Bibliothek und hatte auf sie gewartet. Buffy starrte ihn an, und ihr Blick gab ein ganzes Wechselbad von Emotionen preis: ihre Scham darüber, bei einer Lüge ertappt worden zu sein, ihre Überraschung, ihn hier zu sehen … und ihren Schock darüber, Cordelia an seinem Arm zu sehen, die ihren Kopf an seine starke Brust drückte.

»Angel …«, begann Buffy und ging auf ihn zu. Direkt neben Xander blieb sie stehen – eine Tatsache, die Angel keineswegs entging.

»Xander.« Angel begrüßte den Teenager nur wegen Buffy.

»Angel«, grüßte Xander mit ebenso wenig Begeisterung zurück.

Angel schaute Buffy die ganze Zeit über in die Augen. »Ich dachte, du hättest diese Nacht frei«, meinte er misstrauisch.

»Das hatte ich auch vor«, log Buffy. »Aber in der allerletzten Minute …«

Angel schnitt ihr das Wort ab. »Cordelia hat mir die Wahrheit erzählt.«

»Wo du schon mal hier bist, kannst du uns vielleicht behilflich sein«, unterbrach Giles, um wieder zur Tagesordnung überzuleiten.

Buffy war dankbar für diese Rettung. »Wir haben Nachforschungen angestellt«, gab sie zu. »Irgendjemand raubt die Leichen von toten Mädchen.«

»Das weiß ich«, versicherte Angel ihr. »Wir haben sie zum Teil gefunden.«

»Wie zum Teil? Du meinst, zwei von den dreien?«, fragte Buffy.

Angel schüttelte den Kopf. »Ich meinte, *Teile* von ihnen, Teile wie Einzelteile.«

»Es war furchtbar«, erzählte Cordelia den anderen. Sie blickte dankbar zu Angel auf. »Angel hat mich vor einem Arm gerettet. Gott, überall lagen Körperteile herum. Warum müssen immer mir diese schrecklichen Dinge passieren?«

»Karma.« Xander hustete das Wort in seine Faust.

Willow sah zu den anderen hin. »Nun, so viel zu der Zombietheorie.«

»So viel zu allen unseren Theorien«, korrigierte Giles.

»Ich verstehe das nicht«, sagte Buffy. »Warum gräbt jemand drei Leichen aus, nur um sie in Stücke zu hacken und wieder wegzuwerfen? Das ergibt keinen Sinn. Vor allem unter dem Gesichtspunkt eines vernünftigen Zeitmanagements.«

»Soweit ich das sehen konnte, ergaben unsere Leichenteile auch keine drei vollständigen Mädchen«, meinte Angel völlig geschäftsmäßig. »Ich glaube, ein paar Teile haben sie für sich behalten.«

Buffy verzog das Gesicht. »Kann das noch ekliger werden?«

»Vielleicht haben unsere Grabräuber die fehlenden Körperteile ja aufbewahrt, um sie zu essen«, schlug Willow vor.

Na also. »Damit ist meine Frage beantwortet«, erwiderte Buffy trocken.

»Aber warum haben sie die Reste hier auf dem Schulgelände entsorgt?«, fragte sich Giles.

Buffy dachte einen Moment darüber nach. »Vielleicht hatte derjenige, der es getan hat, ja noch was anderes in der Gegend zu tun. Wie zum Beispiel zum Unterricht zu gehen.«

»Oh«, murmelte Giles, als ihm klar wurde, was aus dieser Theorie folgte. War es möglich, dass diese Leichensammler die *Sunnydale High* besuchten? Warum nicht? An einer Schule, die genau über dem Höllenschlund lag, war alles möglich.

»Das war nicht die Arbeit von Stümpern«, sagte Angel zu Buffy. »Wer auch immer diese Körper zerlegt hat, wusste, was er tat.«

»Tja, also, welcher Schüler dieser Schule könnte denn so versiert in Physiologie sein?«, fragte sich Giles.

»Da fallen mir fünf oder sechs Jungs aus meinem Forschungsclub ein. Und ich selbst«, meinte Willow.

Xander grinste. »Dann gestehe jetzt brav alles und versprich, es nie wieder zu tun, damit wir Feierabend machen können.«

Die Gruppe starrte Xander überrascht an.

»War ein Scherz«, versicherte Xander ihnen.

Buffy wandte sich an Willow. »Warum suchst du nicht ihre Schließfachnummern raus? Dann können wir sie überprüfen.«

»Nein«, jammerte Cordelia »Ich möchte jetzt nach Hause fahren. Ich muss baden und meine Klamotten verbrennen.«

»Echt, du musst gehen?«, fragte Xander erleichtert und ohne eine Spur von Bedauern. »Na dann. Meld dich mal. Bye-bye.«

»Ich will nicht alleine nach Hause fahren. Ich bin immer noch ganz schwach«, fuhr Cordelia fort und blickte zu Angel auf: »Kannst du mich begleiten?«

»Ich ...«, Angel sah kurz zu Buffy hin und suchte mit seinen Augen ihr Gesicht ab, da er darauf wartete, dass sie einen Einwand erhob.

Buffy blickte erstaunt von Cordelia zu Angel, sagte aber

nichts. Cordelia nutzte diese Gelegenheit, um Angels Arm noch fester zu umklammern. »Super! Ich fahre!«, rief sie aus und führte ihn aus der Bibliothek heraus.

»Was sagt man dazu?«, meinte Xander, als sie weg waren. »Ich hatte ihn immer für einen monogamen Vampir gehalten.«

Willow stieß Xander an und versuchte damit ihrem Freund ein wenig mehr Sensibilität beizubringen. Aber das wäre gar nicht nötig gewesen. Buffy war zu sehr damit beschäftigt, die Tür der Bibliothek anzustarren. Seit Angels Abgang hatte sie kein Wort mehr von dem gehört, was im Raum gesprochen wurde.

Willow ging, gefolgt von Xander und Buffy, durch die leeren Flure der *Sunnydale High School.* Giles blieb nervös hinter ihnen und beobachtete, wie Willow an dem Spind eines ihrer Freunde aus dem Forschungsclub Halt machte und die Angaben auf einem Computerausdruck dazu benutzte, das Schloss zu öffnen. »Ich betone, dass ich diese unautorisierte Durchsuchung als Angestellter dieser Schule nicht gutheißen kann«, verkündete Giles mit lauter Stimme.

»Okay, du hast deine Pflicht erfüllt«, versicherte ihm Buffy. »Möchtest du auch ein Schließfach übernehmen?«

»Ja, natürlich«, sagte Giles und ging los, um den nächsten Spind auf Willows Liste zu öffnen.

Buffy blieb neben dem übernächsten Spind stehen und grinste. »Okay, Eric, dann lass doch mal sehen, was einen ungezogenen Jungen wie dich so umtreibt«, murmelte sie, während sie die Räder des Zahlenschlosses in die richtige Position drehte.

Während Buffy Erics Spind öffnete, spähte Willow in ein anderes Schließfach in der Nähe. Darin lag nichts außer einigen Schulbüchern und einem Stapel naturwissenschaftlicher Zeitschriften. »*Scientific American*«, sagte Will und zog eine der Zeitschriften heraus. Ihre Augen leuchteten. »Oh, die hier habe ich ja noch gar nicht gelesen!«

Giles schaute indes in einen weiteren Spind. Noch mehr Schulbücher, Notizbücher und Zeitschriften. »Nichts Besonderes zu sehen«, murmelte er.

Xanders Suche in einem Schließfach auf der anderen Seite des Flurs verlief dagegen ergebnisreicher. »Seht euch das mal an!«, rief er.

Willow legte die Zeitschrift zurück und verschloss die Tür des Spinds. Sie und Giles eilten an Xanders Seite. »Das ist das Schließfach von deinem Freund, Chris Epps«, verkündete dieser, an Willow gewandt, und öffnete die Tür noch ein bisschen weiter, damit alle hineinsehen konnten.

Willow betrachtete den Bücherstapel in dem Schließfach. Hier gab es Titel wie *Die menschliche Anatomie*, *Handbuch des Leichenbestatters* oder *Muskeln und Sehnen*.

Giles griff in den Spind und zog einen zusammengefalteten Zeitungsartikel heraus. Als er die Überschrift las, wusste er, dass sie zumindest einen Teil des Rätsels gelöst hatten: »›Drei Tote bei tragischem Verkehrsunfall‹.« Es war ein Artikel über Meredith Todd und ihre Freunde. »Es spricht einiges dafür, dass Chris etwas mit der Sache zu tun hat«, urteilte Giles,

»Er interessiert sich für Leichen, so viel steht fest«, meinte auch Xander. »Aber wir wissen noch nicht, warum er das tut.«

»Doch, das tun wir«, rief Buffy, die immer noch an Erics Spind stand. Sie öffnete die Spindtür etwas weiter und zeigte den anderen ihre schaurige Entdeckung. Auf der Innenseite der Tür klebte das Foto eines Mädchens. Aber es handelte sich nicht um ein ganz normales Pin-up-Girl. Es war eine Collage aus verschiedenen Körperteilen und Gesichtspartien, die aus verschiedenen Zeitschriften herausgeschnitten waren. Für sich genommen wirkten die Augen, die Nase, der Mund und die anderen Körperteile absolut perfekt. Aber in ihrer Zusammensetzung bildeten sie eine Kreatur, die absolut grotesk aussah.

Eric sang ausgelassen Rod Stewarts *Motown-Song*. Er war immer am glücklichsten, wenn er in dem Labor war, das er mit Chris zusammen aufgebaut hatte.

Die beiden hatten das alte Labor der *Sunnydale High* für ihre Forschungen in Beschlag genommen. Der Ort war einfach perfekt – alt, verlassen und vergessen. Und praktischerweise groß genug, um all das zu beherbergen, was sie benötigten, um das größte Forschungsexperiment in der Geschichte der *Sunnydale High School* auf die Beine zu stellen.

Die Jungs waren dabei, die perfekte Frau zu kreieren – aus Leichenteilen. Im Zentrum des dunklen nasskalten Raums stand in diesem Augenblick ein alter Operationstisch. Ihr unvollendetes Meisterwerk – der erst teilweise zusammengesetzte Körper eines Mädchens – lag unter einem Laken auf dem Tisch.

Eric lächelte breit, als er zu seinem Kumpel Chris hinübersah. »Wie geht's meinem Baby?«

Chris machte ein mürrisches Gesicht, während er das ordentlich zurechtgelegte Instrumentarium überprüfte. »Sie ist nicht dein Baby.«

Eric sah zu dem Operationstisch in der Mitte des Raums. »Sie wird auch nicht das ›Baby‹ von jemand anderem werden, wenn wir uns nicht beeilen, sie fertigzustellen.«

»Ich arbeite daran«, beharrte Chris und überprüfte die Nähte am Oberschenkel des Mädchens.

Eric fing an, seine neu entwickelten Fotos zum Trocknen auf eine Leine zu hängen. Er lächelte sadistisch, als er die Gesichter der Teenagerinnen vor sich sah, wozu auch Willow, Buffy und Cordelia gehörten. »Das tue ich auch, mein Freund«, versicherte er Chris. »Jawohl, das tue ich.«

Am nächsten Morgen saßen Willow und Xander auf den Stufen vor der *Sunnydale High School* und beobachteten, wie drei unangenehm aussehende Jungs eine von Cordelias *Cordettes* angafften. Sie hatten natürlich niemals eine Chance, von dem populären Mädel auch nur bemerkt zu werden. Das hielt sie jedoch nicht ab, davon zu träumen.

Als Buffy an der Schule ankam, beeilte sie sich, zu ihren Freunden zu stoßen. »Irgendein Anzeichen von unseren Verdächtigen?«, erkundigte sich Xander bei ihr.

»Noch nicht«, erwiderte Buffy. Sie setzte sich und warf einen Blick auf die Schar glotzender Jungs im Gang. »Ich verstehe das nicht. Warum sollte jemand ein Mädchen kreieren wollen?«

»Du meinst, wo es doch so viele vorgefertigte gibt, die überall so herumliegen?« Xander zuckte mit den Schultern und fügte trocken hinzu: »Was wir nicht alles aus Liebe tun.«

Buffy starrte ihn wütend an. »Das hier hat mit Liebe nichts zu tun.« Das musste sie einfach klarstellen.

Xander nickte. »Vielleicht nicht, lass mich dir eins sagen: Die Menschen verlieben sich nicht in das, was sie direkt vor der Nase haben. Die Menschen wollen den Traum, sie wollen das, was sie nicht haben können. Je unerreichbarer, desto attraktiver.«

Ironie, dein Name ist Xander, dachte Buffy. Sein Kommentar spielte wohl indirekt auf seine kleine Verliebtheit in sie an. Machte ja nichts, dass Willow schon seit der Grundschule total in ihn verknallt war. Typisch Mann, so etwas nahm er natürlich kein bisschen wahr.

»Und was Eric angeht, so ist für ihn jede unerreichbar … zumindest, solange sie lebt«, fuhr Willow fort.

Buffy nickte und macht sich auf den Weg die Treppe hinunter zum Unterricht. Willow und Xander folgten direkt hinter ihr. »Eric ist ja schon krank genug, um so etwas zu tun«, stimmte Buffy ihm zu, »aber was ist mit Chris? Der wirkt doch eigentlich wie ein menschliches Wesen.«

»Ich weiß nicht«, sagte Willow ehrlich. »Diese Sache mit seinem Bruder hat ihn wirklich hart getroffen. Er hat viel über den Tod geredet. Vielleicht will er ihm jetzt einfach eins auswischen.«

»Aber das geht doch gar nicht, oder?«, fragte Buffy zögernd. »Ich meine, jemanden aus Fetzen zusammenzubasteln? Und ihn dann tatsächlich zum Leben zu erwecken?«

Willow seufzte. »Wenn doch, werde ich mit meinem Forschungsprojekt dieses Jahr definitiv wieder nur Zweite.«

Aus den Augenwinkeln entdeckte Xander Giles, der an der Tür zum Schulgebäude stand. Er hielt offensichtlich nach jemandem Ausschau. »Und wo wir gerade von Liebe reden ...«, sagte Xander und stieß die anderen an.

»Wir haben gerade über die Reanimation von totem Gewebe geredet«, korrigierte ihn Willow.

Xander schaute sie finster an. »Musst du eine gute Überleitung gleich so kleinkariert auseinander nehmen? Oh Mann!«

Buffy lief zu dem verlegenen Bibliothekar hin und lächelte. »Hey, Giles.«

»Oh. Ja. Hallo«, erwiderte Giles, ohne seine Augen von der Menschenmenge abzuwenden.

»Immer noch kein Zeichen von unserem verrückten Doktor«, berichtete Buffy.

»Was?«, fragte Giles völlig abwesend. »Ach ja. Leichen. Das Böse. Sehr gut.« Plötzlich zeigte sich ein nervöses Lächeln auf dem Gesicht des Wächters. Buffy folgte seinem Blick, bis sie sah, was er sah. Da kam Ms. Calendar mit einem Schüler durch die Aula.

Buffy lächelte aufmunternd. »Okay, Giles, denk einfach dran. Ich hab mich in dich verknallt, du bist in mich verknallt. Aber drücke es etwas individueller aus.«

»Individueller?«, wiederholte Giles nervös.

»Sie ist doch eine Technik-Hexe, oder?«, erinnerte Buffy ihr aufgeregtes Gegenüber und meinte damit Ms. Calendars Faszination für Zauberei und Computer. »Bitte sie doch einfach, deinen Laptop zu verzaubern oder so.«

Buffy grinste und ging davon. »Viel Spaß.«

Xander und Willow folgten ihr und gaben dem Bibliothekar im Vorbeigehen jeweils einen Klaps auf den Rücken, um ihm Glück zu wünschen.

»Nein. Geht nicht weg«, rief Giles hinter ihnen her. Aber es war zwecklos. Innerhalb von Sekunden waren die drei verschwunden, und Giles stand Ms. Calendar Auge in Auge gegenüber.

»Guten Morgen, Rupert.«

Giles nickte nervös. »Ms. Calendar.«

»Nenn mich doch bitte Jenny«, drängte sie.

»Okay. Dann Jenny.« Er räusperte sich, und beide gingen Seite an Seite durch die Schulkorridore. »Weißt du, Jenny, ich möchte nicht aufdringlich erscheinen ...« Giles verdrehte die Augen über seine eigene Unfähigkeit. »Nein, nicht aufdringlich.«

Jennys Augen funkelten, als sie ihn anlächelte. »Ja?«, fragte sie.

»Oh, je ... ich ... äh ... also.« Giles verzog das Gesicht. Die Worte wollten ihm einfach nicht über die Lippen.

Jenny wartete gespannt darauf, dass Giles fortfuhr. Als er es nicht tat, lächelte sie ihn freundlich an. »Hör zu, Rupert, ich muss jetzt reingehen, um die Computer im Labor hochzufahren.«

Giles nickte. Nun hieß es jetzt oder nie. »Nun, was ich vorschlagen wollte, ist –« Aber Giles' Einladung wurde vom Läuten der Schulglocke verschluckt. Plötzlich tauchten überall Kinder auf, die alle in ihre erste Unterrichtsstunde eilten.

»Tut mir Leid«, sagte Jenny, als sie ins Computerlabor ging. »Ich muss wirklich los.«

Giles nickte und seufzte niedergeschlagen, als sie im Labor

verschwand. »Idiot«, beschimpfte er sich wütend, als er sich umdrehte und wegging.

In diesem Moment hörte er Jennys klare, fröhliche Stimme durch den Flur hallen. »Hör mal, wenn es wichtig ist, warum sagst du es mir nicht einfach beim Spiel?«, fragte sie und steckte ihren Kopf zur Labortür hinaus.

Giles starrte sie überrascht an. »Gehst du zu dem Footballspiel?«

»Das scheint dich zu überraschen.«

Giles errötete. »Ich schätze mal, ich habe einfach angenommen, dass du deine Abende damit verbringst, Zaubersprüche herunterzuladen ... und mit Knochen zu werfen.«

»An einem Abend, an dem ein Spiel stattfindet? Bist du verrückt?« Sie hielt einen Moment inne und genoss sichtlich Giles' plötzliches Unbehagen. »Ich nehme an, du gehst auch hin?«

Nun ja, er hatte es nicht wirklich geplant. Aber wenn Jenny da sein würde ... »Oh, äh, ja, natürlich.«

Jenny grinste. »Warum gehen wir dann nicht einfach zusammen?«, fragte sie ihn. »Ich könnte dich nach der Schule abholen, und wir könnten unterwegs was zusammen essen, wenn du magst. Wie wär's mit Mexikanisch?«

Giles bekam nicht mehr zustande als ein schwaches, nervöses Kopfnicken. Aber das schien auszureichen.

»Und was auch immer du mir sagen willst, du kannst es ja dann tun, okay?«, versicherte Jenny ihm.

»Okay ... dann bis heute Abend.« Als Jenny zurück in ihren Klassenraum ging, blieb Giles allein im Flur zurück. Er stand viel zu sehr unter Schock, um sich auch nur einen Zentimeter von der Stelle zu bewegen. Dann erschien plötzlich ein zufriedenes Lächeln auf seinem Gesicht. »Ich denke mal, das ist glatt gegangen«, gratulierte er sich selbst. Er drehte sich um und ging mit federnden Schritten den Flur hinunter.

Willow saß in der Bücherei und brütete über Anatomiebüchern. Sie wollte einfach herausfinden, welche Möglichkeiten Chris und Eric überhaupt haben könnten, menschliches Leben aus – sagen wir – Ersatzteilen zu schaffen. »Ich verstehe immer noch nicht, wie Chris das anstellen will«, meinte Willow nachdenklich. »Die Zersetzung der Zellen aufzuhalten, ist das Eine, aber ...«

Xander verzog das Gesicht. Als Willow anfing, ganz wissenschaftlich daherzureden, spürte er, wie seine Gedanken abschweiften. Er streckte den Arm aus und fing an, mit dem Plastikmodell eines menschlichen Schädels zu spielen. Mit seinen Händen bewegte er den Kiefer auf und ab. »Hallo. Mein Schädel brummt.«

Aber Willow ging nicht auf Xanders Scherze ein. »Vielleicht ein Stromstoß, kombiniert mit einem Adrenalinschub«, fuhr sie fort und blätterte in dem Anatomiebuch.

Xander schob den Plastikschädel näher an Willow heran. »Ich flehe dich an, kratz mich mal an der Nase!«, witzelte er.

Bevor Xander seine lustige Vorstellung weitertreiben konnte, kam Buffy in den Raum gefegt. Xander konnte an ihrer Miene ablesen, dass sie nicht in der Stimmung war herumzualbern. Sie war absolut geschäftsmäßig unterwegs.

»Es ist jetzt offiziell«, verkündete Buffy. »Chris und Eric sind heute nicht zur Schule gekommen.«

»Das ist bestimmt kein Zufall«, meinte Xander.

Willow schluckte. »Vielleicht sind sie ja fertig mit ihrem Projekt.«

Die drei schwiegen einen Moment lang. Jeder von ihnen dachte darüber nach, was das wohl bedeuten würde.

»Oh Gott, was ist, wenn es funktioniert?«, fragte Buffy schließlich. »Was, wenn das arme Mädchen durch die Gegend läuft?«

»Äh, *die* Mädchen müsste man ja streng genommen sagen«, unterbrach Xander.

»Was würde wohl in ihrem Kopf vor sich gehen?«, fuhr Buffy fort.

»Und was werden sie mit ihr machen?«, fragte sich Willow.

»Ich glaube nicht, dass wir uns darüber jetzt schon irgendwelche Sorgen machen müssen.« Die drei schauten auf, als sie Giles' Stimme erkannten. Ihre Blickten ruhten ganz auf ihm, da sie darauf warteten, dass er eine weitere Erklärung abgeben würde.

»Ich habe heute Morgen die Polizei verständigt wegen der Leichenteile im Container«, erklärte Giles. »Die Polizeibeamten sind gerade fertig mit der Durchsuchung. Sie haben offenbar drei Köpfe darin gefunden.«

»Und unsere Grabräuber hatten nur drei Mädchen«, erinnerte Buffy.

»Also haben sie noch nicht die komplette, äh, Packung«, leitete Willow daraus ab.

»Klingt so, als wären ihnen die Köpfe nicht gut genug«, schlug Xander vor. Er dachte darüber nach und rief sich das Bild der Mädchen aus dem Zeitungsartikel in Erinnerung, den sie in Chris' Spind entdeckt hatten. »Hm. Ich fand, sie waren eigentlich ganz attraktiv.«

Buffy, Giles und Willow starrten Xander an.

»Seht ihr, ich bin offensichtlich nicht so krank wie Chris und Eric«, beendete Xander den Gedanken rasch.

Giles wandte seine Aufmerksamkeit wieder dem aktuellen Tatbestand zu. »Wenn man von dem ausgeht, was die Polizei zusammengesammelt hat, dann sind Dr. Frankenstein und sein Gehilfe nur noch einen Schritt von der Vollendung ihres Meisterwerks entfernt.«

Willow schaute auf den Plastikschädel hinunter, mit dem Xander vorher gespielt hatte. »Einen Schritt«, murmelte sie ängstlich.

Chris und Eric selbst waren sich ebenfalls nur allzu bewusst, dass sie nur noch einen einzigen Schritt davon entfernt waren, etwas zu tun, das vor ihnen noch keinem anderen menschlichen Wesen gelungen war: aus gebrauchten Teilen menschliches Leben zu erschaffen. Aber die Zeit lief ihnen davon. Sie standen heftig streitend in Chris' Keller.

»Wenn wir zu lange warten, wird die Verkümmerung der Gliedmaßen irreversibel sein«, warnte Eric seinen Freund.

»Wir können den Strom hochdrehen. Dann haben wir mindestens einen Tag mehr Zeit.«

Eric schüttelte den Kopf. Er wusste, dass Chris einfach nur zauderte und verzweifelt versuchte, das Unvermeidliche zu umgehen. »Wir werden den ganzen Körper verlieren, wenn wir nicht bald den Kopf daran befestigen.«

»Wir haben noch Zeit!«, beharrte Chris.

Aber Eric wollte das nicht akzeptieren. Dafür hatten sie zu hart gearbeitet und waren schon zu weit gekommen. »Haben wir nicht!«, erwiderte er. »Der Verkehrsunfall der Mädchen war ein Glücksfall. Aber wir können nicht warten, bis uns durch einen weiteren schönen Unfall ein Kopf einfach so in den Schoß fällt. Du weißt, was wir zu tun haben.« Eric faltete seine spindeldürren Arme vor der Brust und verdrehte die Augen. »Mein Gott, es ist doch bloß ein verdammtes Mädchen!«

Chris' Augen füllten sich mit Tränen, als er sich klarmachte, zu was Eric ihn da aufforderte. »Ich werde es nicht tun ... Ich kann das nicht ... Ich kann niemanden ... umbringen. Versteh das doch bitte. Ich kann das nicht tun. Bitte zwing mich nicht.«

Hinter einem Stapel Kartons kam plötzlich eine Gestalt hervor. »Aber du hast mir dein Wort gegeben ... Du hast mir versprochen, dass ich nicht allein bleiben muss, *kleiner Bruder.*«

Chris schaute seinen ziemlich lebendigen älteren Bruder Daryl hilflos an. Daryl sah beängstigend hässlich aus. Seine

Haut war aschfahl, denn er hatte schon mehr als ein Jahr kein Tageslicht mehr gesehen. Die vielen riesigen Narben überall in seinem Gesicht waren allesamt von der liebenden Hand seines jüngeren Bruders genäht worden. Sie verliehen ihm das Aussehen eines Flickenteppichs mit Augen, Nase und Mund. Die ausgefransten, im Zickzack verlaufenden Stiche waren nie richtig ausgeheilt, sodass sie auf Daryls grauweißer Haut rot und aufgedunsen wirkten.

Daryl konnte aus offensichtlichen Gründen nicht gut aus dem Haus gehen.

Und Chris verstand sehr wohl, dass das einsame Leben im dunklen, staubigen und überfüllten Keller ihres Elternhauses seinen älteren Bruder in den Wahnsinn treiben musste.

Daryl war übrigens nicht der Einzige, der sich seit diesem furchtbaren Unfall in unheimlicher Weise verändert hatte. Auch Eric hatte beängstigende Charakterzüge entwickelt. Es war beinahe so, als würde er Daryls Probleme dazu benutzen, seine persönlichen Rachegelüste an den schönen Mädchen zu stillen, die ihn Tag und Nacht verspotteten.

»Der Körper ist perfekt« sagte Eric zu Daryl, »und wenn wir uns heute Nacht einen Kopf angeln, wird sie bis Sonnenaufgang fertig sein.«

Während Eric dies sagte, schritt Daryl wie ein eingesperrtes Tier im Zimmer hin und her, bis er direkt vor seinem jüngeren Bruder stehen blieb. Der groß gewachsene, muskulöse Exfootballstar krümmte sich zusammen, um seinem Bruder in die Augen sehen zu können. »Als du mich wieder zusammengeflickt hast, hast du mir versprochen, dass du dich um mich kümmerst«, erinnerte ihn Daryl. »Ich brauche das, Chris. Ich brauche jemanden an meiner Seite.«

»Bitte mich nicht, das zu tun«, bettelte Chris. »Bitte mich nicht, jemanden zu töten.«

»Ich hab versucht, ihm zu erklären, dass es sich ja wieder ausgleicht, wenn man einen Menschen tötet, um einen neuen zu erschaffen«, versicherte Eric Daryl. »Das ist eine ganz saubere Sache.«

Chris sah seinem Bruder flehentlich in die Augen. »Vielleicht könntest du ja … rausgehen?«, schlug er vorsichtig vor. »Und dich den Leuten zeigen?«

In Daryls narbigem Gesicht breiteten sich Angst und Wut aus. »Nein! Ich kann mich nicht zeigen!«, rief er wütend. Aber im nächsten Moment war der Zorn schon wieder aus seinem Tonfall gewichen. Er blickte seinen Bruder stattdessen flehentlich an. »Chris, du bist immer klüger gewesen als ich. Du warst immer der Schlaue von uns beiden. Du bist der Einzige, der mir helfen kann.«

Chris blickte seinen älteren Bruder unsicher an. Trotz seiner Behauptung war Daryl selbst auch keineswegs blöd – und schlau genug, um zu sehen, dass sein Bruder zögerte. Das wollte er ausnutzen. Er stimmte ein altes Lied an, eins, das er früher dauernd gehört hatte, als er noch ein Footballstar – ja, als er noch »heil« – gewesen war. »Drei lange Sekunden sind's noch bis Ende des Spiels. Wohin werfen, wohin bloß werfen?«, sang er und richtete den Blick auf seinen Bruder.

»Nummer fünf muss es sein«, stimmte Chris leise ein. »Daryl bringt ihn schon rein.«

»Hilf mir, Bruder«, bat Daryl.

Chris nickte kaum wahrnehmbar.

In Daryls Blick trat Erleichterung. Er zog seinen jüngeren Bruder an sich und küsste ihn oben auf den Kopf. Dann wandte er seine Aufmerksamkeit Eric zu. »Zeigt sie mir!«

Eric lächelte triumphierend und holte drei Schwarzweißfotos aus seinem Rucksack. Er beobachtete freudestrahlend, wie Daryl die Fotos sorgfältig in Augenschein nahm, um den Kopf des Mädchens auszusuchen, das sein Exil mit ihm teilen würde. Schließlich deutete er auf eines der Bilder. »Diese hier.«

Eric betrachtete lächelnd das Foto. »Du bist ein Mann mit Geschmack«, bescheinigte er Daryl. Dann nahm er eine Schere und begann, an dem Foto herumzuschnippeln. »*Talkin 'bout my girl*«, sang er mit diabolischer Freude, während er vorsichtig Cordelias Kopf von ihrem Körper abtrennte.

Buffy lief aufgeregt in der Bibliothek auf und ab. Allmählich stieg Panik in ihr auf. Sie wusste, dass Chris und Eric zuschlagen würden, und zwar bald. Die Frage war nur, ob es ihr gelingen würde, sie zu stoppen, bevor sie ihr schauriges Forschungsprojekt vollenden konnten.

»Ich habe die Nachrufe durchgesehen«, sagte Willow zu ihr, während sie weiter den Bildschirm im Blick behielt. »Da ist niemand dabei, von dem man annehmen könnte, dass er ein guter Kandidat wäre.«

»Sie sind ziemlich wählerisch für Typen, die schon drei Köpfe zur Auswahl hatten«, bemerkte Xander.

»Formaldehyd«, murmelte Willow.

Xander starrte sie an. Wer sollte denn daraus schlau werden? »Was, bitte, möchtest du uns damit sagen?«

»Ja, natürlich«, stimmte Giles ihr zu. »Es beschleunigt den natürlichen Verwesungsprozess der Gehirnzellen.«

»Nach ein paar Tagen sind sie unbrauchbar«, sagte Willow zu ihm. »Sie werden etwas richtig Frisches brauchen.«

»Wie frisch?«, fragte Buffy alarmiert.

»So frisch wie möglich«, begann Willow völlig geschäftsmäßig. Dann begriff sie plötzlich, was Buffy im Kopf herumging. Sie schaute ihre Freundin panisch an. »Buffy, du glaubst doch nicht, dass sie ...«

»Ich glaube, dass man bei Leuten, die Tote zerschnippeln, auch mit dem Schlimmsten rechnen muss«, informierte Buffy sie. »Lasst uns diese Sache zu Ende bringen, und zwar sofort.«

»Ganz deiner Meinung«, stimmte Giles ihr zu.

Buffy übernahm sogleich das Kommando. Sie wandte sich an Willow und Xander. »Ihr beiden fahrt schnell zu Eric. Ich werde es bei Chris probieren.«

Giles sah Buffy verlegen an. »Ich soll zu dem, äh, Spiel gehen heute Abend«, stammelte er.

Buffy verkniff sich ein Grinsen. »Dann tu das auch. Wir kommen schon klar.«

Aber Giles war sich nicht so sicher. »Nun ja, das ist meine ... Ich sollte wirklich ...«

»Ist schon in Ordnung«, versicherte Buffy ihm. »Wir treffen uns dann da. Und dann musst du Bericht erstatten.«

»In Ordnung«, stimmte Giles zu.

Als Buffy zur Tür rannte, beeilte sich Willow, sie einzuholen. »Buffy, sei nicht zu hart zu Chris«, bat sie ihre Freundin. »Ich meine, er ist schließlich kein Vampir.«

Aber Buffy empfand keinerlei Mitleid mit ihm. »Nein. Er ist nur ein Mensch mit perversen Gelüsten.«

Buffy war überrascht, als Chris' Mutter die Haustür öffnete. Die Frau sah aus, als hätte sie schon Monate weder gebadet noch sich die Haare gekämmt. Ihr kariertes Flanellhemd war ausgebleicht und verknittert, genau so wie ihr trauriges Gesicht. Im Hintergrund hörte Buffy das Video eines High-School-Footballspiels laufen.

»Ich bin eine Freundin von Chris«, sagte Buffy zu Mrs. Epps. »Ich muss mit ihm sprechen. Wissen Sie, ob er zu Hause ist?«

Ohne ein Wort zu sagen, drehte sich Chris' Mutter um und ging zurück ins Haus. Buffy folgte ihr in ein muffiges Wohnzimmer und sah zu, wie sich die Frau in einen verschlissenen Sessel setzte und ihre Zigarettenasche in einen überquellenden Aschenbecher schnippte. Mrs. Epps starrte auf den Fernsehbildschirm und schien nicht mal zu bemerken, dass Buffy überhaupt da war.

Buffy sah sich im Zimmer um. Es war in eine Art Reliquienschrein verwandelt worden. Die Wände waren tapeziert mit Fotos, die Daryl Epps in seinem Footballtrikot zeigten, wie er über das Spielfeld lief und hochsprang, um den Ball anzunehmen. Footballpokale säumten den Kaminsims, und im ganzen Raum hingen eingerahmte Zeitungsartikel über Daryls spielerische Erfolge. Buffy war beeindruckt, wie großartig Daryl gewesen sein musste. Kein Wunder, dass Cordelia in ihn verknallt gewesen war.

»Ist Chris denn jetzt zu Hause?«, fragte Buffy Mrs. Epps noch einmal.

Aber Chris' Mutter antwortete nicht. Stattdessen zeigte sie auf den Fernsehbildschirm. »Das Westbury-Spiel vom 17. November 1995«, erklärte sie Buffy. »Daryl hat den Ball damals insgesamt 185 Yards im Lauf nach vorn getragen. Vier Touchdowns. Er wurde in dieser Saison zum besten Spieler der Stadt ernannt.«

Buffy sah zum Fernseher und beobachtete, wie Daryl über das Spielfeld rannte. Oben auf dem Fernsehgerät lag ein Stapel weiterer Videos, die alle einen Aufkleber mit dem Datum und den Namen der Footballteams trugen.

»Ja, das war ein tolles Spiel«, meinte Buffy, da sie Mrs. Epps nicht vor den Kopf stoßen wollte. »Aber ist Chris zu Hause?«

Mrs. Epps' Augen klebten am Bildschirm. »Keine Ahnung«, sagte sie. »Ist denn heute Schule?« Bevor Buffy irgendetwas erwidern konnte, beugte sich die Frau näher an den Fernseher heran. »Guck dir diese Bewegung an«, sagte sie zu Buffy. »Daryl fängt den Ball beim Anstoß und wehrt eins, zwei, drei Verteidiger ab! Er rennt auf das offene Spielfeld hinaus und trägt den Ball zu einem 95-Yard-Touchdown.«

Buffy zog sich leise aus dem Zimmer zurück. Während sie auf die Schlafzimmer zuging, konnte sie weiter Mrs. Epps' tragische Stimme hören. »Nächste Woche wäre er neunzehn geworden, weißt du«, sagte sie dann in einem merkwürdig abgeklärten Ton.

Die erste Tür, an der Buffy vorbeikam, war über und über mit Schildern beklebt. Auf einigen stand DURCHGANG VERBOTEN, auf anderen DRAUSSEN BLEIBEN und EINTRITT VERBOTEN. Soweit es Buffy betraf, war dies eine offen ausgesprochene Einladung, das Zimmer zu betreten.

Als sie die Treppe zum Keller hinunterging, wurde Buffys Körper instinktiv in Alarmbereitschaft versetzt. Ihr Herz schlug ein bisschen schneller, und ihre Muskeln spannten sich an, um auf alles gefasst zu sein, was da kommen mochte.

Aber im Keller war niemand. Jedenfalls niemand, den Buffy hätte sehen können. Lediglich ein paar alte Kisten und Möbel. Ihre Blicke schossen blitzschnell durch den Raum, auf der geübten Suche nach irgendeinem Hinweis darauf, dass jemand – oder etwas – hier gewesen war.

Als sie zu einer Kommode hinübersah, bemerkte sie einen Stapel Fotos, der darauf lag. Sie sah sie rasch durch, und als sie in dem Stapel ein Bild von sich selbst fand, lief ihr ein leichter Schauder über den Rücken. Dann kam sie zu dem Foto, das Eric vorher auseinander geschnitten hatte. Buffy konnte nicht erkennen, welches Mädchen darauf abgelichtet war – denn ihr Kopf und ihre Haare fehlten.

Dann fiel ihr Blick auf die Zeichnung eines Frauenkörpers auf dem Tisch. Jeder Muskel, jede Sehne, Vene und Arterie war fachmännisch darin eingezeichnet, so als stamme das Bild aus einem Schulbuch. Und an der Stelle des gezeichneten Kopfes klebte oben das Foto eines Mädchenkopfes.

»Cordelia«, entfuhr es Buffy.

Ein großer, von Narben übersäter Teenager tauchte hinter einem Stapel Kisten auf. Trotz seiner Größe war Daryl dazu in der Lage, sich so leise zu bewegen, dass Buffy seine Anwesenheit gar nicht zu bemerken schien. Stattdessen hörte sie das laute Quietschen, das von den Holzdielen über ihr kam. Irgendjemand war auf dem Weg zu ihr. Buffy sprang schnell hoch, hielt sich an einem an der Raumdecke verlaufenden Wasserrohr fest und schwang sich aus einem offenen Fenster hinaus.

Daryls einsame, wütende Augen blickten ihr nach, als sie seinen Unterschlupf verließ.

Cordelia hatte natürlich nicht die geringste Ahnung, welch grausiges Schicksal ihr bevorstehen sollte. Sie war gerade damit beschäftigt, ihrem Make-up den letzten Schliff zu geben, bevor sie raus auf das Spielfeld musste, um mit ihrem Cheerleader-Auftritt das Sunnydaler Team anzufeuern.

»Kommst du, Cordelia?«, rief eine der anderen Cheerleaderinnen, als sie den Umkleideraum verließ.

»Bin sofort draußen«, versicherte Cordelia ihr, während sie fachmännisch noch ein wenig Lipgloss auftrug. Als sie in den Spiegel schaute, um sich zu bewundern, erblickte sie darin eine männliche Gestalt. Sie zuckte vor Schreck zusammen und atmete dann auf, als sie sah, wer es war.

»Ach, Chris«, sagte sie erleichtert. »Hi. Mein Gott, hast du mir einen Schrecken eingejagt.«

Chris starrte sie einfach nur an. Die widerstreitenden Gefühle in seinem Inneren brodelten so heftig, dass er kaum Luft bekam.

»Was machst du hier?«, fragte Cordelia ihn.

Chris zuckte vor Schmerz zusammen.

»Stimmt irgendwas nicht?«

Chris antwortete ihr nicht. Stattdessen trat er zur Seite, sodass Eric einen Schritt nach vorn tun und Cordelia einen Stoffsack über den Kopf stülpen konnte. Cordelia schrie, aber es war niemand mehr im Umkleideraum, der sie hätte hören können.

Buffy rannte die Stufen zum Umkleideraum der Mädchen hinauf. Sie musste Cordelia vor Erics und Chris' schrecklichem Plan warnen. Während sie hinauflief, kamen ihr zwei Cheerleaderinnen entgegen, die auf dem Weg zum Spielfeld waren. Buffy hielt sie auf. »Joy, Lisa, wo ist Cordelia?«

Joy schüttelte den Kopf. »Cordelia hat ein Spiel, auf das sie sich vorbereiten muss. Sie kann jetzt keine Loser wie dich gebrauchen.«

Buffy hatte keine Zeit für Debatten. Die Jägerin schlug ihre Hände zu beiden Seiten der kecken Cheerleaderin kräftig gegen die Wand und versperrte ihr so praktisch den Weg. Joy riss überrascht die Augen auf.

»Tut mir echt Leid«, sagte Buffy mit von Süßlichkeit triefender Stimme. »Wo, hast du gesagt, ist Cordelia?«

Das war alles, was sie tun musste, um an die benötigte Information zu kommen. Buffy rannte schnell in Richtung der Umkleideräume davon und ließ zwei vollkommen perplexe Cheerleaderinnen zurück, die ihr Erstaunen über Buffys energisches Auftreten nicht verbergen konnten.

Als Buffy die Mädchenumkleide betrat, entdeckte sie Cordelia, die wild um sich tretend auf dem Fußboden lag, während Eric versuchte, ihr die Hände auf dem Rücken zusammenzubinden. Zeit, in den Jägerinnen-Modus umzuschalten. Buffy sprang in die Luft und trat Eric mit ihrem Absatz von seiner Gefangenen weg.

Eric war auf einen Kampf nicht vorbereitet. Und statt sich darauf einzulassen, suchte er lieber das Weite und raste blitzschnell durch eine Hintertür davon.

Buffy griff nach dem Sack über Cordelias Gesicht, um ihn ihr abzunehmen. »Ist gut, alles ist gut«, versicherte Buffy ihr. »Er ist weg.«

»Oh, mein Gott, Buffy!«, rief Cordelia aus.

»Er ist weg«, versicherte Buffy ihr noch einmal und half der Cheerleaderin auf die Beine. »Was ist passiert?«

Cordelia rang nach Luft. »Ich weiß es nicht«, japste sie. »Ich wollte gerade raus auf das Spielfeld gehen, als Chris reinkam, und dann ist einfach jemand auf mich drauf gesprungen.«

Buffy suchte mit den Augen den Umkleideraum ab, aber er schien leer zu sein. »Na ja, jetzt ist ja alles gut«, wiederholte sie. »Alles ist in Ordnung. Lass dir einfach Zeit.«

Cordelia war einen Augenblick ruhig und lauschte. Die Marschkapelle hatte angefangen zu spielen.

»Oh mein Gott! Das ist das Kampflied«, rief Cordelia. »Es wird Zeit für die Cheerleader-Pyramide im Mittelfeld. Ich muss los.«

»Bist du sicher, dass es dir gut genug geht, um da mitzumachen?«, fragte Buffy ungläubig.

»Das verstehst du nicht. Ich muss gehen. Ich bin die Spitze der Pyramide.« Und damit packte Cordelia das Wichtigste ihrer Cheerleader-Ausrüstung – ihre Pompons – und eilte nach draußen auf das Spielfeld. Und Buffy wunderte sich – einmal mehr – über Cordelias eigenwillige Art, Prioritäten zu setzen.

Jetzt war Buffy allein im Umkleideraum. Die Stille war unheimlich, ja fast ohrenbetäubend. Außerdem konnte Buffy spüren, dass noch jemand da war, jemand, der lauschte ... und wartete.

»Ich weiß, was du vorhast, Chris«, rief Buffy schließlich laut. »Ihr beiden, Eric und du.« Sie wartete eine Sekunde, doch niemand antwortete. Trotzdem war Buffy sicher, dass Chris noch nicht gegangen war. »Ich weiß Bescheid über die Leichen vom Friedhof«, fuhr sie fort. »Aber bislang habt ihr noch niemandem wehgetan.«

Langsam und ganz leise trat Chris hinter einer Reihe von Schließfächern hervor. Buffy war erstaunt, wie schmächtig und verletzlich er wirkte. Sein Blick war müde und gequält.

»Hör zu, ich weiß nicht, wie es ist, jemanden zu verlieren, der einem nahe steht«, gestand Buffy leise. »Aber was ihr da zu tun versucht, ist nicht richtig.«

»Ich muss es für ihn tun. Er braucht Gesellschaft.« Chris schien alles vor sich selbst und vor Buffy rechtfertigen zu wollen.

»Wer? Eric?«, fragte Buffy. »Der braucht wohl eher eine hammerharte Therapie.«

»Er hat immer auf mich aufgepasst ... und mich verteidigt ... Er ist doch ganz allein ... Alle haben ihn geliebt, und jetzt ist er ganz allein.«

Buffy hörte Chris einen Moment lang zu und versuchte, sich einen Reim auf das zu machen, was er sagte. Und als ihr ein Licht aufging, weiteten sich ihre grünen Augen vor Angst und Erstaunen. »Oh mein Gott.«

Während seine alte Mannschaft auf das Spielfeld rannte, um einen neuen Sieg zu erringen, geriet Daryl in seinem Unterschlupf völlig außer sich. Das Adrenalin, das durch seine wütenden Adern schoss, machte ihn stärker als je zuvor. Der ehemalige Footballstar riss Bücherregale von den Wänden, schleppte sie quer durch den Raum und schleuderte sie mit solcher Wucht auf den Boden, dass die Metallregale in der Mitte zerbrachen. Eric stand auf der anderen Seite des Raums und beobachtete ihn ängstlich ... und fasziniert.

»Er hat es mir versprochen! Versprochen hat er es!«, schrie Daryl und schleuderte einen großen Metallständer durch den Raum. »Dass ich nicht mehr allein sein muss.«

»Es ist noch nicht zu spät«, sagte Eric plötzlich.

Der Klang von Erics Stimme erinnerte Daryl daran, dass er nicht allein im Keller war. Der ehemalige Footballspieler drehte sich im Nu um und packte Eric am Kragen. Eric war klein und mager; es kostete Daryl keinerlei Mühe, seinen spindeldürren Körper vom Boden hochzuheben. Eric schluckte, als er in Daryls Augen starrte – eins war blau, das andere grün.

»Es hat sich nichts geändert«, versicherte Eric dem rasenden Daryl mit zittriger Stimme, während er um sein Leben fürchten musste. »Wir können es doch immer noch tun. Du und ich.«

Daryl atmete schneller, aber er lockerte seinen Griff um Erics Hemd nicht. Es war nicht zu erahnen, was in seinem Kopf vor sich ging. Eric wusste, dass er eine Erklärung abgeben musste, und zwar schnell. »Dein Bruder ist schließlich nicht der Einzige, der Leben erschaffen kann«, prahlte Eric. »Was meinst du?«

Nachdem ihm die Bedeutung von Erics Worten klar geworden war, lockerte der ehemalige Sportler seinen Griff und ließ Eric langsam auf den Boden zurück.

Als er zu Daryl aufschaute, zeigte sich ein schauriges Lächeln der Begeisterung in Erics Gesicht. Dies war genau das, worauf er gehofft hatte.

»Lass uns losziehen und eine Freundin für dich auftreiben.«

Als Buffy und Chris in Daryls Kellerversteck ankamen, hatte er es mit Eric schon längst verlassen. Nur die Stapel von beschädigten Büchern und die zerbrochenen Regale, die von Daryls Wutanfall herrührten, wiesen noch darauf hin, dass sie da gewesen waren.

»Okay, hier ist er also nicht. Wo könnte er sonst noch sein?«, fragte Buffy Chris.

Chris schüttelte den Kopf. »Er würde niemals rausgehen«, versicherte er Buffy. Dann bekam er plötzlich einen ängstlichen Gesichtsausdruck. »Es sei denn …«

»Er macht da weiter, wo du aufgehörst hast«, beendete Buffy seinen Gedanken.

Giles lächelte unbehaglich, als er mit Jenny Calendar zu Beginn des Footballspiels über die Zuschauertribüne der Schule stolperte. Er wirkte vollkommen deplatziert, wie er hier in Tweedjackett und Krawatte herumlief und versuchte, Fähnchen, Kaltgetränke und Popcorn durch die Scharen von schreienden Schülern und Eltern zu tragen.

»Ich weiß auch nicht, was mir am Football so gut gefällt«, dachte Jenny laut nach, als sie sich auf einen der Plätze niederließ. »Ich meine, ihm fehlt die Eleganz eines Basketballspiels und die Poesie eines Baseballspiels. Football ist, wenn's hoch kommt, die blanke Aggressionslust. Eine echt raue Sportart.«

Giles lachte. »Eine raue Sportart? American Football?«

Jenny sah ihn erstaunt an. »Und was ist daran lustig?«

Giles zuckte mit den Schultern. »Ich finde es seltsam, dass eine Nation, die so stolz auf ihre Männlichkeit ist, sich gezwungen sieht, vierzig Pfund Schutzkleidung anzulegen, einfach nur um Rugby zu spielen.«

»Machst du das immer so beim ersten Date? Den Nationalsport des Landes zu verspotten?«

Giles war überrascht über diesen Satz. »Hast du ... *Date* gesagt?«, fragte er verwundert.

Jenny lehnte sich triumphierend zurück. »So etwas kriegst du dann schon mit, was?«, fragte sie mit einem Grinsen.

Giles fühlte sich plötzlich so unerfahren wie ein britischer Schuljunge. Aber er hatte kaum Zeit, seine Gefühle zu ordnen, da Willow und Xander plötzlich vor ihm auftauchten.

»Hallo, Ms. Calendar«, grüßte Willow die Computerlehrerin. »Hey, Giles.«

»Hallo ihr zwei«, erwiderte Ms. Calendar. »Was gibt's denn?«

»Bei Eric zu Hause vorbeizuschauen war eine volle Pleite«, erwiderte Willow und fasste damit die Ergebnisse ihrer Expedition in Erics Zimmer zusammen. »Da ist nichts.«

»Ja, nichts außer einer Menge Computerkram und einer Porno-Sammlung, die so üppig ist, dass sie sogar mir Angst eingejagt hat«, merkte Xander an.

»Ist Buffy schon zurück?«, frage Willow Giles.

»Nein«, ließ er sie wissen. Dann fügte er hoffnungsvoll hinzu: »Vielleicht solltet ihr mal weiter unten am Spielfeldrand nach ihr Ausschau halten.«

Auch wenn Willow und Xander den Wink verstanden haben sollten, gingen sie nicht darauf ein. Sie nahmen sogleich auf den beiden Sitzen direkt vor Giles und Ms. Calendar Platz und verfolgten das Spiel.

»Wie steht's denn?«, fragte Xander, nahm Giles die Popcorntüte aus der Hand und schob sich eine Hand voll davon in den Mund.

Aber Giles behielt Recht. Xander und Willow hätten näher am Spielfeldrand sein sollen. Dort lagen nämlich Eric und Daryl auf der Lauer, um Cordelia einzufangen, sobald sie das Spielfeld verlassen würde.

Daryl stand unter der Tribüne und sah zu, wie die *Sunnydale Razorbacks* den Ball in ihren Besitz brachten und auf die Endlinie zurannten. Seine Lippen zitterten leicht, während er das Spiel beobachtete. Das hätte er sein sollen da auf dem Feld – er, der da für seinen Teamkollegen zum Touchdown lief. Aber stattdessen musste er sich verstecken. Er war zu hässlich für die Öffentlichkeit. Und er war es leid, so allein zu sein.

Als Daryl sah, dass Cordelia das Spielfeld verließ, um etwas zu trinken, bewegte er sich rasch unter der Tribüne auf den Spielfeldrand zu. Kaum hatte Cordelia sich einen Becher Wasser gezogen, packte Daryl sie von hinten und zog sie in die Dunkelheit unter der Tribüne.

Cordelia schrie wie verrückt, doch niemand hörte sie. Die *Razorbacks* hatten gerade einen Punkt gemacht, und der Jubel der Menge übertönte sie.

Die anderen Cheerleader gingen sofort zu ihrer nächsten Formation über und schienen gar nicht zu bemerken, dass Cordelia verschwunden war. Aber Buffy bemerkte es. Sie und Chris waren inzwischen beim Spiel eingetroffen und suchten das Spielfeld nach Cordelia ab.

»Ich sehe sie nicht. Du?«, fragte Buffy Chris hoffnungsvoll.

Aber auch Chris sah Cordelia nirgends. Und sie wussten beide, dass das nur eins bedeuten konnte.

Cordelia lag auf der weißen Rollbahre in dem alten Forschungslabor, das die Jungs für ihre Zwecke umfunktioniert hatten, und schlug wild um sich, während Eric ihre Hände seitlich an der Bahre festband. »Bitte ... Was ist denn überhaupt los?«, winselte sie. »Nimm die Augenbinde ab. Ich werde auch nicht schreien. Ich versprech's.«

Aber Eric nahm den schwarzen Schal nicht von ihren Augen. Stattdessen ließ er sie im Dunkeln liegen, während er auf der anderen Seite des Labors einige Sachen vorbereitete.

Daryl ging zu einer anderen Rollbahre und hob das weiße Laken an, das den kopflosen Leib bedeckte, den Chris und Eric geschaffen hatten. »Sie ist schön«, murmelte er.

Eric eilte zu ihm hin, nahm Daryl das Laken aus der Hand und bedeckte den Torso rasch wieder. »Nein. Das bringt Pech, wenn der Bräutigam die Braut vor der Hochzeit sieht«, erinnerte er Daryl.

Dieses ganze seltsame Gerede versetzte Cordelia in größere Angst als alles andere zuvor. Wo war sie? Wer waren diese Verrückten? *Und welche Braut?* »Bitte, nehmt mir nur die Augenbinde ab. Ich verspreche auch, nicht zu schreien«, bettelte Cordelia ihre Entführer erneut an.

Daryl drehte sich der ängstlichen Cheerleaderin zu. »Cordelia«, sagte er ruhig und nahm den schwarzen Schal von ihren Augen ab.

Cordelia warf einen Blick in Daryls hässlich vernarbtes Gesicht und stieß einen markerschütternden Schrei aus.

Eric lachte. »Du kannst schreien, so viel du willst«, sagte er zu ihr. »Wir befinden uns in einem verlassenen Gebäude.«

Cordelia enttäuschte sie nicht. Sie schrie erneut. Diesmal waren ihre Schreie lauter und schmerzerfüllter. Eric nahm ein schweres Metalltablett und wedelte damit drohend über ihrem Kopf herum. »Okay, das reicht jetzt«, befahl er bedrohlich. Cordelia hörte sofort auf zu schreien.

Daryl blickte zu Cordelia herunter. Plötzlich zeigte sich Zärtlichkeit auf seinem verstümmelten, zusammengenähten Gesicht. »Du warst immer gut zu mir. Hast immer zu mir aufgeschaut, aber ich habe dich ignoriert«, ließ Daryl sie wissen und strich mit seiner rauen, zusammengeflickten Hand zärtlich über ihr seidiges, braunes Haar. »Das tut mir Leid. Ich bin froh, dass ich diese zweite Chance bekomme, dir das zu sagen.«

Cordelia betrachtete die große monströse Teenager-Gestalt, die vor ihr stand. »D-Daryl?«, fragte sie ihn erstaunt.

»Das war gedankenlos von mir«, fuhr Daryl fort. »Das weiß ich jetzt. Aber ich habe mich verändert. Ich habe es zu schätzen gelernt, wie viel es bedeutete, dass du mit mir zusammen sein wolltest.«

Eric ging zu Cordelias Kopf. »Wir wären dann bereit«, sagte er scherzhaft zu Daryl.

»Bereit? Bereit wofür?«, fragte Cordelia aufgeregt.

Eric lächelte. »Du wirst ein kurzes Zwicken, vielleicht auch einen leichten Schmerz im Halsbereich verspüren«, sagte er und klang dabei genau wie ein verrückter Professor. »Aber wenn du aufwachst, wirst du den Körper einer Siebzehnjährigen haben.«

Eric durchquerte den Raum und nahm das Laken von dem Körper, den er und Chris geschaffen hatten, nur um sicherzugehen, dass Cordelia genau sehen konnte, welche Arme und Glieder bald ihr gehören würden.

»Um genau zu sein, wirst du sogar den Körper von mehreren Siebzehnjährigen haben.«

Jetzt schrie Cordelia sogar noch lauter.

Buffy stand neben der Zuschauertribüne, nur wenige Zentimeter von der Stelle entfernt, an der Cordelia nur wenige Minuten zuvor gekidnappt worden war. Ihre geübten Augen suchten die Umgebung nach irgendwelchen Hinweisen auf Cordelias Verbleib ab. Dann entdeckte die Jägerin zwei Pompons, einen gelben und einen blauen, die neben dem Wasserspender im Dreck lagen. Sie beugte sich hinunter und hob einen davon auf. »Er war hier«, sagte sie zu Chris. »Wo hat er sie hingebracht?«

»Zum Rest des Körpers. Zum Labor.« Chris konnte Buffy nicht in die Augen sehen. Sie sah so stark, so entschlossen aus. Er konnte nicht umhin, sich zu fragen, was sie mit seinem Bruder tun würde, wenn sie ihn fand.

»Wo ist das?«, fragte Buffy energisch.

Chris wollte ihr nicht antworten. »Ich hab's ihm versprochen«, versuchte er zu erklären.

Buffy schleuderte die Pompons zu Boden. Sie verlor die Geduld. »Er wird Cordelia umbringen.« Sie blickte Chris verzweifelt an. »Du kannst nicht einfach so töten und neues Leben erschaffen. Das ist nicht deine Aufgabe.«

Einen Augenblick lang sagte Chris gar nichts. Er wollte seinem Bruder helfen. Und dennoch ... »Er ist im alten naturwissenschaftlichen Gebäude. Dort ist alles vorbereitet«, gestand er schließlich.

»Such Willow, Xander und Mr. Giles und erklär ihnen, was los ist«, befahl Buffy ihm, während sie davonrannte, um Daryl daran zu hindern, Cordelia in eine moderne Version von Frankensteins Braut zu verwandeln. Chris verharrte nur eine Sekunde dort, dann machte er sich auf und suchte Buffys Freunde. Tief in seinem Innersten wusste er, dass er keine andere Wahl hatte, egal was er Daryl versprochen hatte. Es war zu spät.

Eric lächelte, während er den Inhalt eines Zwanzig-Liter-Kanisters mit Benzin in den Laborgenerator füllte. Innerhalb von Sekunden war der Raum vom Dröhnen der Maschinerie erfüllt. Es war Zeit, das zu vollenden, was sie begonnen hatten.

»Daryl, bitte«, bettelte Cordelia. »Du musst das doch nicht tun.«

»Doch, ich muss«, sagte Daryl zu ihr. »Damit wir zusammen sein können.«

Cordelia wurde nun vollends von Panik ergriffen. Eric hielt bereits eine scharfe Klinge in die Flamme eines Bunsenbrenners, um sie für die Operation zu sterilisieren. »Wir können doch auch so zusammen sein«, versprach sie Daryl. »Ich werde bei dir bleiben. Ehrenwort.«

Daryl beugte sich zu ihr herunter, damit Cordelia einen guten Blick auf den Flickenteppich hatte, den er sein Gesicht nennen musste. »Siehst du irgendwas, das dir gefällt?«, fragte er so kalt und grausam, dass sie ein Schauder überlief.

Als Cordelia nicht antwortete – nicht antworten konnte –, wandte sich Daryl dem Körper des unfertigen Mädchens auf der anderen Rollbahre zu. »Wenn du fertig bist, wirst du auch nicht mehr unter die Leute gehen. Du wirst nicht weglaufen«, sagte Daryl voraus. »Wir werden uns gemeinsam verstecken.«

Tränen begannen, Cordelia das Gesicht hinunterzulaufen. »Bitte …«, flehte sie.

Aber Eric gehörte nicht zu denen, die sich gnädig zeigten. Er ging zu der Bahre hinüber und zeigte der Cheerleaderin die frisch sterilisierte Metallklinge. »Die ist so steril, steriler geht's gar nicht«, versicherte er Cordelia und ließ die Klinge zu ihrem Hals niedersinken.

Dann gab es plötzlich ein lautes Krachen. Buffy hatte die Tür eingetreten und bewegte sich zielstrebig durch das Labor.

»Buffy! Hilf mir!«, schrie Cordelia.

Als Buffy Cordelia anstarrte, nahm Eric sein Messer, zielte auf Buffys Herz und warf ... Aber die Jägerin war schnell. Mit einer einzigen rasanten Bewegung fing sie das Messer in der Luft ab. Und Eric, der ewige Feigling, floh in eine Ecke und duckte sich.

Buffy konzentrierte sich auf Daryl und versuchte, an das zu appellieren, was noch an Menschlichkeit in ihm übrig sein mochte. »Hör zu, Daryl, ich weiß, was du vorhast«, erklärte Buffy. »Dein Bruder hat mich geschickt, um dich aufzuhalten.«

Daryl starrte sie völlig ungläubig an. »Nein. Das würde er nicht tun.«

»Buffy, die sind völlig durchgeknallt!«, rief Cordelia von der Rollbahre her.

»Ist schon gut, Cordelia«, versicherte Buffy ihr, ohne ihre Augen von Daryl zu nehmen. »Ich hole dich hier raus.«

»Nein! Ich bin noch nicht fertig mit ihr!«, rief Daryl. Er nahm eine scharfe Operationssäge von dem Tablett und hielt sie an Cordelias Hals. »ICH BIN NOCH NICHT FERTIG!«

Buffy sprang auf Daryl zu und trat ihn von Cordelia weg. Aber das jahrelange Footballtraining hatte Daryl stark und reaktionsschnell gemacht. Er hatte weitaus Schlimmeres durchgestanden als so einen Tritt. Er blieb stehen, wo er war, und versetzte Buffy einen harten Schlag, sodass sie gegen Cordelias Rollbahre taumelte. Die Jägerin rollte über Cordelia hinweg und kam rasch wieder auf die Füße. Sie holte zum Schlag aus. Aber Daryl war schnell. Er stürzte sich auf die Jägerin. Er stieß an Cordelias Bahre, die rückwärts gegen den Benzinkanister krachte. Der Kanister kippte um, und das restliche Benzin ergoss sich sofort über den Boden.

»Buffy!«, schrie Cordelia hilflos.

»Ich werde nicht mehr alleine leben!«, verkündete Daryl, als er sich auf Buffy zu bewegte.

In diesem Moment stürzte Eric zur Tür. »Ich haue ab«, sagte er zu sich selbst.

Aber das konnte Daryl auf gar keinen Fall zulassen. Sie waren schon zu weit gekommen, um jetzt aufzuhören. Daryl brauchte Eric, damit er Chris' Versprechen in die Tat umsetzte. Der ehemalige Footballstar packte das dürre Jüngelchen am Kragen und hob ihn hoch in die Luft. »Du musst mir helfen«, befahl er energisch.

»Lass mich los«, flehte Eric, der wild mit den Beinen strampelte.

Daryl war außer sich. Er schleuderte Eric wütend durch den Raum, so dass der dünne, schwächliche Körper des Jungen gegen die Wand schlug. Eric glitt bewusstlos zu Boden.

Buffy machte einen Riesensatz auf Cordelia zu. Aber bevor sie die Rollbahre erreichen konnte, stürzte sich Daryl auf die Jägerin. Buffy hob blitzschnell ihr Bein und versetzte ihrem Angreifer einen seitlichen Schnapptritt, der sich gewaschen hatte. Daryl geriet ins Taumeln. Er krachte gegen einen Tisch, der in der Nähe stand, und riss dabei Erics Bunsenbrenner zu Boden.

Der Schmerz hätte das Ungeheuer eigentlich in die Knie zwingen sollen, aber Daryl spürte keinen Schmerz mehr. Er bestand nur noch aus Wut und Kraft. Er packte eine Flasche mit Chemikalien und schleuderte sie in Buffys Richtung. Daryl war so darauf versessen, sie zu töten, dass er die Flamme des Bunsenbrenners hinter ihm gar nicht bemerkte, die das ausgelaufene Benzin zu einem wütenden Feuer entfachte.

Doch Buffy sah die Flammen – sie bewegten sich gefährlich nah an Cordelia heran. Wenn sie nicht bald zu ihr durchkam ...

Bevor Buffy diesen Gedanken zu Ende denken konnte, platzte Xander durch die Labortür herein. »Buffy!«, schrie er.

»Hol Cordelia hier raus«, befahl Buffy und lenkte ihre Aufmerksamkeit wieder ganz Daryl zu, dem sie mit ihren spitzen Stiefeln Tritt um Tritt versetzte.

Nur wenig später erschienen Chris, Giles, Jenny und Willow im Labor. Die Flammen schlugen inzwischen hoch und saugten alles gierig auf, was ihnen in den Weg kam. Es war offenkundig, dass die anderen Cordelia nicht helfen konnten; jetzt kam alles auf Xander an.

Xander sah sich nach einem Ausweg um, aber die Flammen blockierten seinen Weg in alle Richtungen – wie eine Art verrücktes Labyrinth, aus dem es kein Entkommen gab. Er konnte nur eins tun. Er packte rasch die Rollbahre, gab ihr einen kräftigen Schubs in Richtung Tür und sprang oben auf Cordelia drauf.

»Neieiein!«, schrie Cordelia, als die Flammen sie und Xander umschlossen. Sie war sicher, dass sie beide bei lebendigem Leib verbrennen würden.

Wundersamerweise schafften Cordelia und Xander den Weg bis zur Tür, ohne auch nur eine Brandwunde davonzutragen. Und Willow und Giles war es außerdem gelungen, Eric in Sicherheit zu bringen, auch wenn er es eigentlich nicht verdient hatte.

Aber es war allen Beteiligten klar, dass die Arbeit der *Scooby-Gang* noch nicht beendet war.

»Buffy, komm raus!«, rief Jenny.

Bevor Buffy die Tür ansteuern konnte, schlug Daryl erneut zu. Mit einer einzigen Bewegung brachte er die Jägerin zu Fall. Als sie hilflos dalag, nahm Daryl eine schwere Schreibtischplatte aus Metall und hielt sie ihr über den Kopf. Gerade, als er damit zuschlagen wollte, hörte er eine Stimme rufen.

»Daryl! Tu's nicht!«

Daryl sah durch das brennende Labor zu seinem jüngeren Bruder hin. Er zögerte einen Moment. Daryl wusste, was Chris ihm für Opfer gebracht hatte. Er hatte versucht, ihm das Leben zu retten. Aber diese heldenhafte Tat hatte ihn – Daryl – in ein Monster verwandelt. Und das zu sein, konnte er nicht ertragen.

Ein letzter Anfall von Menschlichkeit überkam ihn, und er wandte sich ab, statt Buffy zu töten. Dann starrte er in die Flammen, die dabei waren, seine kopflose Braut zu verschlingen. Er konnte es nicht ertragen mit anzusehen, wie diese seine letzte Hoffnung verbrannten.

»Nein! Sie gehört mir!«, rief der narbenübersäte Teenager schmerzerfüllt, raste durch die Flammen auf sie zu, ließ sich auf den unfertigen Körper seiner Braut fallen und versuchte verzweifelt, sie gegen die Flammen abzuschirmen.

Aber es gab keine Chance auf Rettung mehr. Innerhalb von Sekunden hatte das Feuer Daryl vollständig eingehüllt, ebenso wie den leblosen Körper unter ihm. Chris versuchte instinktiv, seinen Bruder zu erreichen, um ihn ein letztes Mal zu retten. Doch Buffy sprang auf, packte Chris und zog ihn in Sicherheit.

Während Buffy und Chris das Inferno verließen, erstarben Daryls Bewegungen langsam, und sein großer Körper ging schließlich in Reglosigkeit über. Dieses Mal würde auch Chris' wissenschaftliche Begabung ihn nicht mehr retten können.

Buffy saß neben Chris auf der Motorhaube eines Polizeiwagens und beobachtete, wie die Feuerwehr von Sunnydale sich bemühte, den Brand zu löschen. Chris starrte in die Flammen. Er war nicht dazu in der Lage, sich von dem Ort abzuwenden, an dem er seinen Bruder zuletzt lebendig gesehen hatte.

»Als er das erste Mal aufgewacht ist, nachdem ich ... sagte er, ich hätte ihn nicht wieder beleben sollen«, erklärte Chris Buffy. »Ich habe bloß versucht, auf ihn aufzupassen. So wie er es für mich getan hätte.«

Buffy suchte vergeblich nach etwas, was sie sagen konnte, nach etwas Nettem und Tröstlichem. Stattdessen legte sie eine Hand auf seine Schulter, um ihm zu zeigen, dass sie verstand.

Während Buffy in die Dunkelheit blickte, tauchte aus der Nacht eine vertraute, muskulöse Gestalt vor ihr auf. »Ich habe das Feuer gesehen«, sagte Angel, als er auf sie zukam. »Hab mir schon gedacht, dass du hier bist. Ist alles in Ordnung?«

»Ja, uns geht's gut«, sagte sie sanft und schaute Angel in die Augen, in der Hoffnung, darin zu sehen, dass auch bei ihm nun alles in Ordnung war.

Giles ging zu Jenny Calendar hinüber und reichte ihr eine Tasse Kaffee. »Tut mir Leid wegen dieser ganzen Geschichte«, entschuldigte er sich.

»Ist schon in Ordnung«, versicherte ihm Jenny und nahm einen Schluck von dem heißen Getränk. »Obwohl eine alte Faustregel für das erste Date ja besagt, dass man nichts tun sollte, das so aufregend ist, dass man es beim zweiten Date nicht noch toppen könnte.«

»Ob du's glaubst oder nicht, die Ereignisse des heutigen Abends gehen schon fast als Routine durch, verglichen mit dem, was ich sonst so erlebt habe, seit ich auf den Höllenschlund gezogen bin«, erklärte er mit Bedauern. Dann hielt er inne und sah sie plötzlich erstaunt an. »Hast du übrigens ›zweites Date‹ gesagt?«

Jenny lachte. »So, so, das hast du also mitgekriegt, ja?«

Xander sah zu, wie Buffy und Angel sich tief in die Augen blickten und Giles vor Jenny Calendar wie ein Schuljunge errötete. »Nun, ich schätze, jetzt ist es offiziell. Alle haben einen Partner gefunden. Sogar Vampire kriegen Dates. Und selbst der Schulbibliothekar erlebt mehr als ich«, beklagte er sich bei Willow. »Kennst du das Gefühl, dass die Welt eine gigantische Version des Spiels *Reise nach Jerusalem* ist, und dann sagt jemand ›Stop‹, und du bist der Einzige, der keinen Stuhl abgekriegt hat?«

»Ja, permanent«, versicherte Willow.

»Xander«, unterbrach Cordelia die beiden, die auf sie zukamen. Ihr Gesicht war schwarz von Ruß, und ihre Cheerleader-Uniform konnte ebenfalls eine gründliche Reinigung gebrauchen, aber davon abgesehen hatte sie keinerlei Schaden davongetragen. »Ich … äh … wollte mich nur dafür bedanken, dass du mir da drinnen das Leben gerettet hast. Das war wirklich heldenhaft und tapfer und all das. Und wenn ich jemals was für dich tun kann …« Sie hielt zögernd inne. Dankbarkeit war noch nie wirklich ihr Ding gewesen.

»Wir unterhalten uns gerade«, blaffte Xander sie an. »Wenn's dir also nichts ausmacht …«

Cordelia sah ihn schockiert und überrascht an. Sie hatte ehrlich und aus ganzem Herzen ihren Dank ausgesprochen, und Xander ließ sie einfach so abblitzen. Sie drehte sich um und ging weg.

Xander wandte seine Aufmerksamkeit wieder Willow zu. »Also, wo waren wir stehen geblieben?«

Willow blickte zwischen Xander und Cordelia hin und her und erkannte die Ironie der ganzen Situation. »Wir haben uns gerade gefragt, wieso wir anscheinend nie ein Date haben«, erinnerte sie Xander.

»Ach ja. Und? Was glaubst du, warum das so ist?«

Willow machte sich nicht die Mühe, Xander aufzuklären, und sparte sich die Antwort.

Es war kurz vor Sonnenaufgang, als die städtischen Feuerwehrwagen schließlich wieder abzogen. Buffy und Angel verschwanden gemeinsam und steuerten den stillen Friedhof an.

»Diese ganze Sache war wirklich gruselig. Aber gleichzeitig … Ich meine, er hat das alles für seinen Bruder getan«, erklärte Buffy Angel.

»Nur hat er es damit ein wenig übertrieben.«

Buffy dachte einen Moment darüber nach. »Was tut man nicht alles aus Liebe«, meinte sie dann.

»Wie meinst du das?«, fragte Angel.

»Na, man tut eben eine Menge verrückte Dinge, wenn man jemanden liebt.«

Angel seufzte. »Ach so. So verrückte Dinge, wie zum Beispiel als 241 Jahre altes Wesen eifersüchtig zu sein auf einen Teenager, der noch die High School besucht?«

Buffy lächelte. Man muss sie einfach lieben, diese Verletzlichkeit. »Gibst du es zu?«

»Ich habe darüber nachgedacht«, gestand Angel. »Kann sein, dass ich ein kleines Problem mit ihm habe.«

Buffy blieb stehen und drehte sich zu Angel hin. Es war ihr wichtig, dass er sie verstand. »Ich bin nicht in Xander verliebt«, versicherte sie ihm.

»Aber er nimmt an deinem Leben teil. Er ist da, wenn ich es nicht sein kann. Er sitzt mit dir im Unterricht, er isst mit dir zu Mittag, er hört deine Scherze und deine Klagen.« Er blieb stehen und blickte traurig in den dunklen Himmel über ihnen. »Und er sieht dich im Sonnenlicht.«

»Ich sehe gar nicht so besonders gut aus, wenn ich direkt angestrahlt werde.«

Das brachte den ansonsten immer ernsten Angel zum Lächeln. Er blickte wieder zum Himmel empor. »Es wird bald Morgen.«

Buffy wusste, was das hieß. »Ich sollte dann wohl mal gehen«, sagte sie leise und warf ihm einen schmerzerfüllten Blick zu. Sie wollte nicht, dass dieser Augenblick vorbeiging. Und dennoch wusste sie, dass es so sein musste.

»Ich könnte dich nach Hause bringen.«

Angel streckte seinen Arm aus und nahm Buffys schmale Hand in seine. Sie spazierten langsam durch den Friedhof und waren so aufeinander konzentriert, dass sie es nicht einmal bemerkten, als sie an dem Grab von Daryl Epps vorbeikamen.

1978 – 1996.

Ruhe in Frieden.

Der Höllenball

Cordelia lehnte sich im *Bronze* auf ihrem Stuhl zurück und nippte an ihrem Drink. In den Augen jedes Unbeteiligten musste es so aussehen, als hätte sich rein gar nichts verändert, seit die Schuldiva letztes Jahr mit Mitch Fargo ihre Schokoladenseite so wirkungsvoll in Szene gesetzt hatte. Cordelia saß auch jetzt, tadellos gekleidet, mitten im Zentrum des Geschehens und schmiegte sich in den Arm eines sexy aussehenden Typen.

Aber Cordelia wusste, dass sich seither eine ganze Menge verändert hatte. Ihr letztes Jahr an der *Sunnydale High* war ziemlich überraschend verlaufen. Zunächst einmal war der scharfe Typ, der gerade seine Finger über ihren langen, schlanken Hals fahren ließ, nicht der Mannschaftskapitän des Baseballteams, des Basketballteams, ja, noch nicht einmal des Tennisteams. Nein, Cordelias Neuer war Xander Harris.

Niemandem war es schwerer gefallen zu glauben, dass Cordelia sich zu Xander hingezogen fühlen konnte, als der Königin selbst. Doch aus ihren heftigen Streitereien war irgendwann heftiges Rumknutschen geworden, und jetzt waren die beiden ein Paar. Zuerst war Cordelia panisch gewesen, ihre Freunde könnten hinter ihre Beziehung mit ihm kommen, aber schließlich hatte sie beschlossen, dass ihr das egal war. »Ich gehe, mit wem ich will, egal wie beknackt er auch ist«, hatte sie allen erklärt.

Einige ihrer Freunde hatten das für untragbar gehalten. Aber Cordelia machte sich nichts draus. Trotz ihrer Bedenken fühlte sie sich mehr und mehr zur *Scooby-Gang* hingezogen. Cordelia hatte inzwischen auch selbst schon ein paar Vampire unschädlich gemacht und fand es widerlich, Furcht einflößend, aber auf eine merkwürdige Art auch unwiderstehlich.

Cordelia war nicht die einzige Neue im Kreis der Vampirjäger an der *Sunnydale High*. Kürzlich war eine weitere Jägerin am Höllenschlund eingetroffen: Faith. Faith war so eine Art Anti-Buffy. Sie war ungezügelt in ihrem Auftreten und schien weder von Loyalitäten noch von sonstigen Gefühlen irgendetwas zu halten. Cordy war sich nicht sicher, was sie von Faith halten sollte. Sie war absolut mutig, klar, aber konnte man jemandem vertrauen, der so ... unheimlich war?

Ihr letztes High-School-Jahr hatte nicht nur Cordelia einiges gebracht. Mit einem Blick auf die Tanzfläche sah Cordy, wie Willow fröhlich zu den Klängen der *Dingoes Ate My Baby* tanzte, der heißesten neuen Band des *Bronze*. Willows neuer Freund, Oz, war der erste Gitarrist der Band. Cordelia musste zugeben, dass Oz ein süßer Typ war – allerdings eher von der Sorte Punkrock-Werwolf. Cordy stand selbst nicht so auf Typen, die den Mond anheulten. Aber für jemanden wie Willow, na ja ... da war so ein Typ, der sich in einen Werwolf verwandelte, doch besser als gar keiner. Außerdem half Willow Oz dabei, sich in den Vollmondnächten im Zaum zu halten, sodass die Sache zwischen ihnen ganz gut lief.

Cordelia sah zur Coffee-Bar hinüber, wo sie Buffy mit Scott Hope, einem niedlichen Typen aus ihrer Oberstufe, plaudern sah. Buffy tat so, als würde sie Scott aufmerksam zuhören, aber Cordy konnte erkennen, dass die Jägerin innerlich abwesend war – wie immer. Eigentlich stand Buffy schon seit Monaten neben sich, genau wie damals, nachdem sie Angel getötet hatte, um den Schlund von Acathla zu verschließen und die Welt vor der sicheren Zerstörung zu retten. Scott war ganz niedlich. Einer Cordy war er natürlich nicht würdig, aber für Buffy war er prima. Und er hatte einen Vorteil im Vergleich zu Angel: Er war ein Mensch!

Erst kurz vor Halloween – welche Ironie – hatte Buffy Cordy erstmals auf die Tatsache hingewiesen, dass Angel nicht bloß irgendein toll aussehender älterer Typ, sondern ein Vampir war. Dass er älter war als sie, war Cordelia ja durchaus klar gewesen, aber dass er mehr als 200 Jahre älter war, das hätte sie nun doch nicht gedacht! Die Enthüllung, dass Angel ein Vampir war, betrachtete Cordelia aber nicht ausschließlich als Schock. Immerhin erklärte es die merkwürdigen Prioritäten, die er setzte. Wer außer einem Untoten könnte Buffy Summers einer Cordelia vorziehen? Angel war natürlich kein normaler Vampir. Durch den Fluch einer Zigeunerbande hatte er einmal eine Seele und ein Gewissen besessen. Angel hatte einen Zigeuner getötet, und die Sippe hatte ihm zur Strafe ein Gewissen und eine Seele verpasst. Und das war natürlich für einen Vampir die ultimative Rache gewesen. Dadurch hatte sich Angel ständig schuldig gefühlt wegen all der schrecklichen Dinge, die er getan hatte. Der Schmerz über seine Taten hatte ihn fast wahnsinnig werden lassen.

Aber der Zigeunerfluch beinhaltete noch einen zweiten Aspekt, den Angel nicht gekannt hatte: Immer wenn er zu glücklich wurde, verlor er seine Seele erneut und nahm wieder seines altes, böses Selbst an.

Buffy machte Angel glücklich. Vollkommen glücklich. Was bedeutete, dass sie das Böse in ihm wachrief. Seitdem Angel einmal sein Glück mit der Jägerin gefunden hatte, war der Bann gebrochen. Nach ihrer leidenschaftlichen Nacht war Angel plötzlich nicht mehr der beseelte süße Vampir gewesen, sondern hatte sich in eine brutale Kreatur aus der Hölle verwandelt.

Das musste ja ein schönes Gerangel in der Horizontalen gegeben haben! Cordy verzog das Gesicht. Es waren immer die Stillen, die sich im Bett in Tiere verwandelten ... oder, im Fall von Angel, nachdem sie das Bett verlassen hatten.

Der seitdem wieder bösartige Vampir hatte dann ein wahres

Gemetzel veranstaltet. Eines seiner Opfer war Giles' Angebetete, Jenny Calendar, gewesen.

Bevor Angel noch jemanden hatte töten können, der Buffy irgendwie nahe stand – von ihr selbst ganz zu schweigen –, war Willow eine Idee gekommen, wie Angel seine Seele wiedererlangen könnte. Unglücklicherweise hatte Buffy jedoch in der Zwischenzeit herausgefunden, dass sie Angel töten musste, um den Schlund von Acathla zu schließen.

Wahrlich keine schöne Art, sich zu trennen.

Cordy seufzte. Die Oberstufe hatte bislang so ihre Tücken mit sich gebracht: Zombies, eine hässliche, pferdefüßige Kreatur mit trüben Augen namens Kakistos und einen besonders bösartigen – wenn auch schicken – Vampir namens Mr. Trick, um nur einige zu nennen. Aber die meiste Zeit über hatte sie viel Spaß gehabt. Und jetzt war es beinahe schon wieder Zeit für die Wahl der Ballkönigin. Ihre allerletzte. Cordelia beschäftigte sich in Gedanken damit, welche Farbe das Kleid haben würde, das sie dann tragen würde und wie wunderbar sich das neue Diadem auf ihrem Kopf anfühlen würde – wenn sie erst zur neuen Schönheitskönigin ernannt worden war. Cordelia war sicher, dass sie die Wahl gewinnen würde. Egal wie sehr sich die Dinge an der *Sunnydale High* auch verändert haben mochten, *manche* Dinge blieben immer gleich.

Buffy saß an der Coffee-Bar im *Bronze* und spielte mit ihrem Schokoladenkeks. Sie hörte das fröhliche Geplauder ihrer Freunde um sich herum, doch ihre Gedanken waren ganz weit weg. Sie war zerstreut und mehr als nur ein wenig gestresst.

Doch niemand schien das zu bemerken. Sie waren alle zu sehr mit ihren Plänen für den Abschlussball beschäftigt. »Ich finde, wir sollten eine Limousine mieten«, schlug Cordelia den anderen vor. Ihre Wangen wurden dabei von einem zarten Rosa überzogen und ließen sie noch besser aussehen als sonst. Cordy strahlte immer so glücklich, wenn sie an Bälle, schicke Kleider und Limousinen dachte.

Xander teilte ihre Begeisterung jedoch nicht. »Eine Limousine?«, fragte er nervös. »Eine große, teure Limousine?«

»Klingt doch spaßig«, meinte Willow. »Außerdem ist es unser letzter Ball. Vielleicht sollten wir ein richtig großes Ding daraus machen.«

Nun wurde Xander noch nervöser. Normalerweise konnte er sich darauf verlassen, dass Will als seine Verbündete auftrat, aber nun schlug sie sich offenbar auf die gegnerische Seite. »Du willst Spaß haben?«, quatschte er nervös drauflos. »Dann nimm den Linienbus. Da kannst du die lustigsten Leute kennen lernen! Findest du nicht auch, Oz?«

»Na ja, wenn's ums Geld geht, könnten wir doch alle meinen Transporter nehmen«, schlug Oz vor, um seinem Kumpel zur Seite zu springen.

Aber damit war Cordelia nicht einverstanden. »In einem Transporter?«, fragte sie gereizt. »Die Ballkönigin fährt nicht in einem Transporter zum Ball. Benutz doch mal deinen Kopf.«

»Na ja, genau betrachtet, bist du ja noch gar nicht gewählt ...«, begann Xander. Er hielt mitten im Satz inne, als Cordelias haselnussbraune Augen ihn wie wütende Laserstrahlen durchbohrten. »Obwohl du das gewiss und ohne jeden Zweifel wirst.« Er wandte sich den anderen zu. »Wer ist sonst noch für die Limousine?« Es fiel ihm schwer, Cordy irgendetwas zu verwehren, besonders wenn sie dieses sexy ärmellose Shirt trug, das ihren Hals besonders lang erscheinen ließ.

Willow bekam einen verträumten Gesichtsausdruck. »Eine eigene Limousine ... Das wäre ja ganz was Feines.« Sie wandte sich Buffy zu. »Wenn wir uns alle an den Kosten beteiligen ...«, begann sie.

»Vielleicht«, sagte Buffy leise. »Wenn ich überhaupt hingehe.«

Willow riss die Augen weit auf. »Warum solltest du nicht hingehen? Du hast doch schon deine Eintrittskarte gekauft. Ich meine, es sei denn, du hast kein Date –«, Willow brach mitten im Satz ab, als Scott zu der Gruppe trat, »äh, Datum, ich meine, keinen Tag Zeit, um alles noch mal zu überdenken«, fügte sie lahm hinzu in dem Versuch, ihren Fauxpas zu überspielen.

Cordelias Augen schossen zwischen Buffy und Scott hin und her. »Was ist los?«, fragte die angehende Ballkönigin nicht eben dezent. »Hat Scott sie etwa noch nicht gefragt, ob sie mit ihm zum Ball geht?«

Plötzlich ruhten alle Augen auf Buffy und Scott. Buffy errötete leicht, ihr Gesichtsausdruck verriet ein extremes Unbehagen. »Danke, Cordelia. Wenn ich erniedrigt werde, kriege ich wenigstens ein bisschen Farbe ins Gesicht«, meinte sie sarkastisch.

Buffy war jedoch nicht die Einzige, die sich unbehaglich fühlte. Scott trat von einem Fuß auf den anderen. »Ach so«, er schluckte nervös. »Ich bin einfach irgendwie davon ausgegangen, dass du das blöd findest. Aber ich würde schon ... ich meine, wenn du möchtest.«

»Ich möchte schon, wenn du willst«, erwiderte Buffy genauso nervös.

»Klar«, versicherte Scott ihr. »Wenn du willst ...«

Buffy öffnete den Mund, um etwas zu sagen, aber Oz kam ihr zuvor. »Die Richter werten dies als Zustimmung«, blödelte er, womit er die Situation zumindest halbwegs rettete.

Sowohl Buffy als auch Scott wirkten erleichtert, dass sie dieses Thema geklärt hatten. Und Cordelia war extrem zufrieden mit sich selbst. Buffy und Scott gaben ein gut aussehendes Paar ab. Natürlich kein so schönes wie sie und Xander, aber Buffy in ihrem trägerlosen Kleid mit Zebramuster und Scott in einem weißen Hemd mit schwarzem Jackett darüber würden ein hübsches Bild abgeben – wenn auch ein farblich recht eintöniges.

»Möchtest du noch was trinken?«, fragte Scott seine Ballpartnerin in spe.

Buffy schüttelte den Kopf. »Weißt du was? Ich bin ein wenig müde. Ich glaube, ich gehe nach Hause. Ich freue mich schon auf den Abschlussball«, fügte sie wie einen Nachsatz hinzu. Und bevor Scott ihr noch mehr Fragen stellen konnte, beugte sie sich vor und gab ihm einen dicken Kuss – in aller Öffentlichkeit.

Aber Buffy ging nicht direkt nach Hause, nachdem sie das *Bronze* verlassen hatte. Stattdessen lief sie zu einer alten verlassenen Villa am Stadtrand. Sie befand sich auf einer geheimen Mission, von der sie wusste, dass selbst ihre engsten Freunde nichts davon erfahren durften. Langsam ging sie auf die großen Verandatüren im hinteren Teil des riesigen, alten Hauses zu. Sie wollte gerade an die Scheibe klopfen, als die Tür aufschwang.

Dort stand Angel – bereit zum Angriff.

»Ich bin allein«, sagte Buffy ruhig und starrte in seine dunklen Augen. Das einzige Licht im Raum kam von einem Feuer, das im Kamin brannte. Trotzdem konnte sie Angel in der Dunkelheit klar erkennen, seine weiche Haut, die aus dem halb offenen Hemd hervorblitzte, sein Gesicht, aus dem ein Schmerz sprach, wie ihn nie zuvor jemand erlitten hatte.

Buffy biss sich auf die Lippen, als sie an all den Schmerz dachte, den Angel ihren Freunden bereitet hatte. Das war auch der Grund, weshalb sie den anderen *Scoobies* von seiner Rückkehr noch nichts erzählt hatte. Aufgrund irgendeiner mysteriösen Intervention, die sie noch nicht ganz verstanden hatte, hatte Angel wieder die Erde betreten. Doch der Angel, der zu Buffy zurückgekehrt war, war anders als der Vampir, den sie einst so leidenschaftlich geliebt hatte. Obwohl er nicht mehr länger auf der Jagd war, war er wilder als zuvor, beinahe animalisch.

Buffy war sich sicher, dass ihre Freunde sie für verrückt gehalten hätten, wenn sie gewusst hätten, dass sie den Vampir alleine aufsuchen wollte. Aber unter dem ungezähmten Äußeren – daran hegte Buffy keinen Zweifel – verbargen sich immer noch Seiten, die zu dem Angel gehörten, den sie gekannt hatte.

Buffy hatte durchaus vor, ihren Freunden von Angel zu erzählen ... irgendwann. Aber im Augenblick gab es nur sie beide. Buffy reichte dem gequälten Vampir ein Päckchen, einen Behälter aus dem Metzgerladen, der Blut enthielt. Angel nahm ihn und schnüffelte daran, um den Geruch frischen Blutes in seine Nase steigen zu lassen. Dann stellte er den Behälter auf einen Tisch, da er nicht wollte, dass Buffy zusah, wie er die Flüssigkeit trank.

»Wie geht es dir?«, fragte Buffy ängstlich.

»Es tut ... nicht mehr so weh«, erwiderte Angel ruhig.

Buffy wandte sich eine Sekunde lang ab. Es fiel ihr wirklich schwer, ihn so zu sehen. »Ich habe Giles und den anderen nicht erzählt, dass du zurück bist«, sagte sie schließlich.

»Giles«, sagte Angel leise, als ihm wieder einfiel, was er dem Bibliothekar alles angetan hatte.

»Ich werde es auch nicht tun. Sie würden nicht verstehen, dass es dir ...«, Buffy zögerte einen Moment, da sie nicht die richtigen Worte fand, um ihre Gefühle zu beschreiben, »besser geht«, vollendete sie schließlich den Satz.

Angel hob den Behälter mit Blut noch einmal hoch, besann sich dann jedoch eines Besseren und stellte ihn wieder ab. Er war deutlich beunruhigt und bestürzt.

»Ich werde dir helfen, weil ich möchte, dass es dir wieder besser geht«, versicherte Buffy ihm. Sie hielt einen Moment inne, da sie nicht wusste, wie sie Angel von ihrem neuen Leben erzählen sollte, das sie sich in den Monaten aufgebaut hatte, die zwischen ihrem tödlichen Zweikampf und seiner Rückkehr lagen. »Es ist nur so, dass inzwischen alles anders ist. Ich bin jetzt in der Oberstufe. Ich strenge mich mehr an in der Schule und denke sogar darüber nach, aufs College zu gehen. Außerdem bin ich mit jemandem zusammen.«

Buffy sah, dass diese Worte ihn durchbohrten wie ein Pflock sein Herz. Aber trotzdem sagte Angel nichts. Er streckte lediglich den Arm nach ihr aus und strich den Kragen ihrer schwarzen Lederjacke glatt, der sich verdreht hatte. Dann wandte er sich wieder ab.

»Sein Name ist Scott«, teilte ihm Buffy mit. »Er ist ein netter, solider Junge. Er macht mich glücklich, und das ist es, was ich brauche: jemanden, auf den ich zählen kann.«

»Ich glaube, wir sollten uns nicht mehr sehen.«

Autsch – das saß. Vielleicht noch ein bisschen Salz für die Wunde? Buffy stand am nächsten Morgen im Schulflur und starrte Scott mit weit aufgerissenen Augen genauso überrascht wie schockiert an.

»Findest du?«, fragte sie verwirrt. »Wann hast du das denn beschlossen? Und wo war ich zu dem Zeitpunkt?«

Scott war deutlich unbehaglich zumute, aber er zwang sich, stehen zu bleiben und sich zu erklären: »Buffy, bevor wir zusammengekommen sind, schienst du so voller Leben zu sein, wie eine Naturgewalt. Jetzt wirkst du die ganze Zeit innerlich abwesend und ...«

Buffy wusste, was er meinte. Seit Angel zurückgekehrt war, war sie tatsächlich innerlich abwesend. Sie war in Gedanken bei ihm. Aber sie wollte davon loskommen. »Ich werde mich bessern«, versprach sie Scott. »Und von nun an wirst du eine drastische Reduzierung meiner geistigen Abwesenheit erleben.« Sie zwang sich zu einem kurzen Lachen. »Drastische Reduzierung der geistigen Abwesenheit. Versuch mal, das zehn Mal ganz schnell hintereinander zu sagen«, forderte sie Scott auf.

»Es tut mir wirklich Leid«, erwiderte dieser nur und ging davon.

Buffy stand alleine dort im Flur und schaute ihm nach. Sie fühlte sich sehr jung und sehr allein. Sie spürte, dass ihr die Tränen in die Augen traten, und war froh, dass niemand sie so sah.

Aber in Wahrheit gab es jemanden, der sie beobachtete – von weit weg. In genau diesem Moment wurde draußen vor der Schule ein Transporter geparkt. In seinem Inneren war er mit modernster Überwachungstechnologie ausgestattet, die von zwei riesigen, muskulösen Typen mit kantigen Gesichtern bedient wurde. Die bedrohlich aussehenden Zwillinge behielten die Jägerin aus großer Distanz im Auge, und nach dem sadistischen Ausdruck in ihren Gesichtern zu urteilen, machte ihnen ihr Voyeurismus Spaß. Der eine, Frederick, ging zu seinem Rechner, wählte sich ins Internet ein und schickte eine Digitalversion von Buffys Bild an einen Computer, der sich in einer Villa auf der anderen Seite der Stadt befand.

In diesem großen, imposanten Haus fuhr ein zerknitterter alter Mann mit seinem Rollstuhl zu seinem Rechner. Er sah zu, wie sich Buffys trauriger Gesichtsausdruck auf seinem Bildschirm aufbaute. »Ist sie das?«, fragte der alte Mann seinen Gefährten.

Ein großer, gut gekleideter, afroamerikanischer Vampir mit einem schmalen Schnurrbart und einem goldenen Ring in beiden Ohren kam zum Computer hin. Als er Buffys Bild auf dem Monitor sah, zeigte sich ein feines Lächeln auf seinen Lippen. »Ja, in ihrer ganzen Pracht«, antwortete Mr. Trick. »*Sie* ist unser Ziel«, bekräftigte er noch mal. Und er musste es schließlich wissen, immerhin hatte der Vampir in Buffys Leben stets die Rolle der Rachegöttin gespielt.

Buffy mochte ja keine Ahnung haben, dass sie überwacht wurde, die hohen Tiere im Rathaus hingegen wussten es gewiss. Genau in diesem Augenblick erstattete Allan Finch, der stellvertretende Bürgermeister, im Büro des Bürgermeisters Bericht von seinen Entdeckungen.

»Ich bin nicht sicher, wie ernst die Sache ist, aber diese beiden sind vor drei Tagen hier gesichtet worden.« Der stellvertretende Bürgermeister legte zwei Schwarzweißfotografien auf den Schreibtisch. »Ihre Namen sind Frederick und Hans Gruenshtahler. Sie werden in Europa wegen Mordes, Mitgliedschaft in einer terroristischen Vereinigung und wegen eines Bombenattentats auf die Fluglinie 1402 gesucht, und –«

»Kann ich mal Ihre Hände sehen?«, unterbrach der Bürgermeister.

Der stellvertretende Bürgermeister zuckte zusammen. Was für eine seltsame Aufforderung.

»Ihre Hände«, sagte der Bürgermeister und tippte auf den Tintenlöscher, der auf seinem riesigen hölzernen Schreibtisch stand.

Der stellvertretende Bürgermeister tat, wie ihm geheißen, und legte seine Hand zur Begutachtung auf den Tisch.

»Ich finde, sie könnten sauberer sein«, befand der Bürgermeister.

»Ich habe sie gewaschen«, versicherte ihm sein Stellvertreter.

»Nach jeder Mahlzeit und auch unter den Fingernägeln? Denn dort setzt sich Schmutz fest, und Bakterien ... und Mayonnaise.« Der stellvertretende Bürgermeister starrte ihn nervös an. Er konnte sich nicht vorstellen, was das alles mit den Terroristen zu tun haben sollte.

»Meine liebe Mutter hat immer gesagt, Sauberkeit kommt gleich nach Frömmigkeit, und ich habe ihr geglaubt«, fuhr der Bürgermeister lächelnd fort. Dann betrachtete er die Bilder von Hans und Frederick. »Ich möchte, dass diese beiden da überwacht werden. Und ich möchte wissen, ob noch irgendwelche anderen schrägen Vögel in die Stadt kommen«, ordnete er an.

Der stellvertretende Bürgermeister war sich nicht sicher, was das alles zu bedeuten hatte, aber er wusste, dass er seine Anweisungen bekommen hatte – in Bezug auf seine Hände und in Bezug auf Hans und Frederick.

»Selbstverständlich«, versicherte er seinem Vorgesetzten. »Danke, dass Sie sich die Zeit genommen haben.«

Während die Politiker über Sauberkeit und über Kriminelle diskutierten, unterhielten sich Willow und Xander über ein viel dringlicheres Thema – nämlich darüber, was sie auf dem Schulball anziehen sollten.

»Du musst mir bei der Wahl meines Outfits helfen«, bat Willow Xander, als die beiden Freunde das provisorisch eingerichtete Fotostudio für das Jahrbuch verließen und sich in die Aula setzten. »Ich möchte etwas anziehen, das Oz die Augen übergehen lässt.«

»Kein Problem«, erklärte sich Xander einverstanden. »Ich werde wieder im Smoking gehen. Ich werde super darin aussehen ... wenn er noch passt.« Dann ging er zu Cordelia, die in der Mitte der Aula stand. Vollkommen versunken starrte sie auf etwas. Xander hatte absolut keine Ahnung hatte, was das sein konnte.

»Was machst du?«, fragte er.

»Ich beobachte die Konkurrenz – wie ich sie scherzhaft nenne.«

Xander lächelte Cordelia an. Sie sah schon in einem einfachen Sommerkleid umwerfend aus. Er konnte sich nicht vorstellen, dass ihr irgendjemand in irgendetwas Konkurrenz machen konnte.

Cordelia sah zu einer kleinen, lächelnden Oberstufen-Schülerin hinüber, die mit ihrem schulterlangen braunen Haar spielte und mit einer Gruppe von anderen Schülerinnen lachte. »Holly Charleston«, sagte sie zu Xander. »Nettes Mädchen, aber ohne Hirn. Ihre Chancen sind gleich null.« Sie lenkte ihre Aufmerksamkeit auf eine große, langbeinige Blondine, die einen engen blauen Rock und eine tief ausgeschnittene Bluse trug. »Michelle Blake. Allen Sorten von Männern gegenüber aufgeschlossen, vor allem wenn sie ein Abzeichen für besondere sportliche Leistungen an ihrer Jacke tragen und ein Auto besitzen.« Cordelia dachte kurz nach. »Die könnte mir gefährlich werden.«

Ach so. Jetzt kapierte Xander, was sie meinte. Cordy dachte über die Wahl zur Schönheitskönigin nach ... mal wieder.

Oz erblickte seine Freunde auf der anderen Seite der Aula und kam auf sie zugeschlendert. Es war offensichtlich, dass er sich keinerlei Gedanken über sein Foto im Jahrbuch gemacht hatte, denn er trug das gleiche T-Shirt und die gleiche zerzauste Frisur wie immer.

Willow lächelte, als ihr Freund zu ihr trat. »Wo ist Buffy?«, fragte sie die anderen. »Sie wird noch die Fotosession fürs Jahrbuch versäumen.«

Xander lächelte ihr anzüglich zu. »Sie und Faith sind in der Bücherei ... und schwitzen.«

»Sie *trainieren*«, korrigierte ihn Cordelia.

»Ich stehe zu meiner Ausdrucksweise«, beharrte Xander.

»Ich glaube, sie war an dem Tag, als der Fototermin bekannt gegeben wurde, nicht in der Schule«, erinnerte sich Oz und brachte das Gespräch damit wieder auf die Jahrbuchfotos zurück. »Hat es ihr denn irgendwer gesagt?«

»Ich werde es ihr sagen«, bot Cordelia sich an. »Ich muss sowieso beim Schularzt vorbeigehen und mir eine Tüte mit Eiswürfeln holen.«

Xander schaute sie besorgt an. »Hast du dich verletzt?«

»Nein, du Blitzmerker«, wehrte Cordelia ab. Dann strich sie sich über ihre makellose Haut. »Eis verkleinert die Poren.«

Ein lautes Krachen! Buffy donnerte einen rechten Haken gegen das Trainingspolster, das Faith vor sich hinhielt. Dann setzte sie einen linken Haken nach und noch mal einen rechten. Sie bewegte sich schnell und kraftvoll, sogar so kraftvoll, dass Faith jedes Mal zusammenzuckte, wenn Buffys Faust auf das Trainingspolster krachte.

»Oh Mann, mit dir sollte öfter mal ein Junge Schluss machen«, rief Faith in ihrem harten Bostoner Akzent.

»Oh, vielen Dank auch.«

»Nein, ehrlich«, versicherte ihr Faith. »Du hast echt eine ganz schöne Power. Die Wut macht dich wirklich stark.«

Buffy verzog das Gesicht und griff nach ihrem Handtuch. Sie wischte sich rasch den Schweiß von der Stirn und trank fast eine halbe Flasche Isostar auf einmal aus. »Ein Power-Girl. Genau das wollte ich schon immer sein«, stöhnte sie.

Faith lachte. »Ach, scheiß auf ihn. Geh einfach weiter, und feier mal so richtig ab, dann geht's dir wieder gut.« Sie hielt inne und betrachtete ihre Jägerkollegin neugierig. »Du gehst doch trotzdem zu diesem Ball, oder?«

Buffy sah an ihrem durchgeschwitzten roten Trainingsshirt herab. Das war nicht gerade die Art von Bekleidung, die man bei einem Mädchen erwartete, das überlegte, ob es zum Schulball gehen soll. »Vielleicht«, erwiderte sie voller Zweifel.

»Du hast schon zwei Tickets«, erinnerte Faith sie. »Warum gehen wir nicht zusammen?«

Buffy betrachtete Faiths Sportoutfit. Sie sah, dass auch ihr ein paar Schweißperlen von der Stirn tropften. Würden wir nicht ein schönes Paar abgeben?, dachte sie bei sich. »Ich weiß nicht«, sagte sie dann vorsichtig.

»Ach, komm schon«, drängte Faith. »Wir suchen uns ein paar geile Typen, haben unseren Spaß mit ihnen und lassen sie dann stehen. Das macht immer gute Laune.«

Buffy dachte einen Moment darüber nach. »Okay«, stimmte sie schließlich zu. »Ich bin dabei. Aber nicht bei der Sache mit den geilen Typen. Wahrscheinlich jedenfalls.«

Cordelia kam an der Bücherei vorbei und spähte hinein. Buffy und Faith waren mitten in irgendeiner heftigen Debatte. Sie wollte gerade das Tête-à-tête der Jägerinnen unterbrechen, um Buffy von der Fotosession für das Jahrbuch zu erzählen, als zwei vertraute Mitglieder der Footballmannschaft vorüberkamen. Cordelia fiel sofort in ihre Wahlkampfrolle und setzte mit einem strahlenden Lächeln zum Stimmenfang an. »Bobby, Mashad«, begrüßte sie die beiden Footballer und änderte ihre Richtung, um neben ihnen her durch den Flur zu gehen. »Wie geht's denn so?«

Nachdem Buffy sich geduscht und versucht hatte, alle Gedanken an Scott aus ihrem mittlerweile sorgfältig frisierten Kopf zu verbannen, betrat sie am Nachmittag den Innenhof, um ihre Lieblingslehrerin Ms. Moran zu suchen. Sie entdeckte die groß gewachsene, hübsche Brünette, die gerade auf ihrem Weg in die nächste Unterrichtsstunde war. Buffy legte einen Zahn zu, um sie einzuholen.

»Ms. Moran«, begann sie süßlich, während sie mit ihr Schritt hielt. »Ich bin so froh, dass ich sie hier treffe.« Ms. Moran blieb stehen und sah Buffy freundlich, aber auch ein wenig verdutzt an.

»Ich bin letztes Jahr wegen eines kleinen Vorfalls aus der Schule geflogen«, erklärte Buffy. »Aber jetzt bin ich wieder da. Ich habe alle Prüfungen nachgeholt, aber ich brauche noch ein Empfehlungsschreiben von einer Lehrerin – ich glaube, Direktor Snyder hat gesagt ein »glänzendes« –, um zu belegen, dass ich hierher gehöre.«

Ms. Moran sah Buffy ins Gesicht. »Und du bist ...?«

»Buffy. Buffy Summers.« Der Name schien Ms. Moran nichts zu sagen. »Dritte Reihe. Ich saß in der Nähe des Fensters«, fuhr Buffy fort. »Amerikanische Heldinnen der Gegenwart: Von Amelia Earhart bis Maya Angelou. Dieser Kurs hat mein Leben verändert.«

»Kann es sein, dass du häufiger nicht da warst, äh …?«, fragte Ms. Moran langsam.

»Buffy«, half ihr die Jägerin missmutig auf die Sprünge.

Am nächsten Tag brauchte Buffy dringend Unterstützung von ihren Freunden. Sie traf sie in der Cafeteria und war dankbar über die Gelegenheit, bei jemandem Dampf ablassen zu können.

»Ich fasse es nicht«, stöhnte Buffy. »Sie ist meine Lieblingslehrerin, und sie wusste nicht einmal, wer ich bin. Es ist so, als wäre ich gar nicht da. Bin ich überhaupt sichtbar?« Sie wandte sich Oz zu. »Kannst du mich sehen?«

»In voller Lebensgröße«, versicherte ihr Oz.

»An der *Hemery High* war ich Schönheitskönigin, Ballkönigin, und ich gehörte zu den Cheerleadern. Das Jahrbuch handelte praktisch nur von mir«, erinnerte sich Buffy, und ihre Miene hellte sich auf, als sie an ihr normales Leben und ihre Beliebtheit zurückdachte, die sie an ihrer Schule in Los Angeles genossen hatte. »Jetzt bin ich in der Oberstufe, und ich werde einfach nur ein beschissenes Foto auf einer beschissenen Achtelseite sein.«

Xander zuckte zusammen. »Äh, nein. Das wirst du wohl nicht.«

»Wie meinst du das?«, fragte Buffy misstrauisch.

»Nun ja, du hast den Fototermin verpasst.«

Es war nicht zu übersehen, wie schockiert Buffy darüber war. »Wann denn? Und wieso?«

»Das war gestern«, erklärte Oz.

»Hat Cordelia dir das denn nicht gesagt?«, fügte Willow hinzu.

Alle Augen wanderten auf die andere Seite der Cafeteria, wo Cordelia gerade Flyer verteilte und andere Schüler bedrängte, ihr ihre Stimme bei der Wahl zur Schönheitskönigin zu geben. Bevor sie jemand aufhalten konnte, sprang Buffy auf und marschierte entschlossen zu Cordelia hinüber.

»Buffy«, begrüßte Cordy sie überrascht. »Steht dir absolut super, dieses Outfit.« An ihrem aufgesetzten Lächeln und ihrem verächtlichen Blick konnte man klar erkennen, dass Buffys Strickjacke und Sommerkleid Cordelia in Wahrheit ganz und gar nicht gefielen.

»Ich werde dir meine Stimme nicht geben«, giftete Buffy zurück, der Cordelias Talent, verlogene Komplimente zu machen, nur allzu bekannt war.

Cordelia verdrehte die Augen. »Na gut, dann steht es dir eben nicht absolut super, sondern nur einigermaßen.«

»Warum hast du mir nicht gesagt, dass die Fotos fürs Jahrbuch gemacht wurden?«

Cordelia zuckte mit den Achseln. »Hab ich nicht? Ich nehme mal an, dann hab ich's vergessen. Wo ist das Problem?«

»Du hättest ruhig mal dreißig Sekunden lang an jemand anderen als dich selbst denken können«, schimpfte Buffy wütend. »Das ist alles.«

Cordelia schien Buffys Wut zu überraschen. »Hey, ich bin momentan ganz schön im Stress«, erklärte sie.

»Ach, ja, dein Wahlkampf«, giftete Buffy sarkastisch zurück. »Das ist ja wirklich eine Riesensache.«

»Was verstehst du schon davon? Nur weil du mal Guacamole-Königin warst, als du drei Jahre alt warst, heißt das noch nicht, dass du davon eine Ahnung hast.«

Buffy betrachtete die Farbfotos, die Cordelia an die Vorbeigehenden verteilte. »Offenbar gehört es wohl dazu, solche superbeknackten Flyer zu verteilen.«

»Nein. Es gehört dazu, ein Mitglied dieser Schule zu sein und richtige Freunde zu haben«, teilte Cordelia Buffy mit. »Wenn es dabei um Monster, Blut und Eingeweide ginge, dann wärst du wahrscheinlich die Top-Favoritin.«

An dem unmissverständlich wütenden und gekränkten Blick, den Buffy daraufhin aufsetzte, erkannte Cordelia, dass sie zu weit gegangen war. Aber Cordy war gerade in Schwung, und sie hatte nicht vor, jetzt schon aufzuhören. »Ich möchte ja zu gerne mal sehen, wie du versuchst, die Krone zu gewinnen«, fügte die Brünette hinzu, dann wandte sie sich zum Gehen.

Buffys grüne Augen verwandelten sich in Stahl. »Dann zeig ich's dir eben.«

Cordelia drehte sich wieder zu ihr hin und sah Buffy ärgerlich an. »Was soll das heißen?«

»Ich werde dir zeigen, wie man's macht«, sagte Buffy zu ihr. »Ich werde mich zur Wahl stellen, und ich werde gewinnen.«

Cordelia gab sich keinerlei Mühe, ihre Belustigung über Buffys Ankündigung zu verbergen. »Jetzt fängst du langsam an, mir Leid zu tun.«

»Tut mir Leid, Cordy, aber du hast keine Ahnung, mit wem du es zu tun hast.«

Cordelia lachte Buffy ins Gesicht. »Was? Mit der Jägerin?«

Aber Buffy lachte nicht. Sie war todernst. »Ich rede nicht von der Jägerin. Ich rede von Buffy«, klärte sie ihre Rivalin auf. »Du hast die Schönheitskönigin in mir auf den Plan gerufen, Cordy. Und diese Krone wird an mich gehen.«

Mr. Trick stolzierte zufrieden durch den Salon der Villa des alten Mannes. Der Vampir war wie immer tadellos zurechtgemacht und hatte absolute Kontrolle über seine unheilige Versammlung: über den alten Mann, Frederick und Hans, einen texanischen Vampir-Cowboy und dessen untote Braut, einen Großwildjäger sowie einen bizarr aussehenden Dämon mit Stacheln auf dem Kopf.

»Konkurrenz ist etwas Tolles«, belehrte Trick diese Auswahl von schäbigen Killern. »Sie sorgt dafür, dass wir uns anstrengen. Dass wir etwas erreichen. Und gelegentlich auch dafür, dass wir töten. Wir haben alle den Wunsch zu siegen, egal ob Mensch, Vampir oder ...«

Der gut gekleidete Vampir hielt inne, blickte das große, gelbgesichtige, stachelköpfige Monster an und sagte: »Oder was auch immer du darstellst, mein Bruder. Du mit diesen stachligen Dingern da auf dem Kopf. So was habe ich noch nie gesehen.«

Das Monster stand auf und verkündete stolz seine Herkunft: »Ich bin Kulak, aus dem Clan der Miquot.«

»Wie nett«, murmelte Mr. Trick. »Aber worauf es wirklich ankommt, ist, dass ihr alle aus demselben Grund hier seid.«

»Na ja, für eine Unterrichtsstunde in Philosophie jedenfalls nicht«, scherzte der Vampir-Cowboy.

Mr. Trick war kein Vampir, der Dummköpfe um sich ertrug. Und er war überhaupt nicht in der Stimmung für Scherze. »Mr. Gorch«, drohte er in einem giftigen Tonfall, »mein Kontoauszug sagt mir, dass Sie noch keine Einzahlung geleistet haben.«

Lyle Gorch griff in seine Tasche und warf einen Sack voller blutverschmierter Hundert-Dollar-Noten auf den Tisch. »Candy und ich hauen unser ganzes Geld, mit dem wir unsere Hochzeitsreise bezahlen wollten, für dieses kleine Spiel auf den Kopf.«

Mr. Trick betrachtete die blutigen Scheine und verzog das Gesicht. »Sie sind schmutzig«, beschwerte er sich.

Lyle lächelte und enthüllte dabei seine unangenehm fauligen Zähne. »Sie sind nicht fortlaufend nummeriert.«

Diese Information schien Mr. Trick zu befriedigen, denn er sprach weiter: »In wenigen Tagen wird das Spiel beginnen«, teilte er der Gruppe mit. »Ihr werdet alle die Chance haben, das höchste Preisgeld abzusahnen, das diese Welt anzubieten hat. Das erste Ziel – Buffy – habt ihr alle gesehen. Das zweite – Faith – ist ein bisschen schwerer zu fassen, aber beide Ziele befinden sich am selben Ort und sind eine leichte Beute. Das ist also quasi eine Geld-zurück-Garantie.

»Ladies, Gentleman und stachelköpfige Kreaturen, willkommen beim Jagdfest '98.«

Während Mr. Trick sich auf das Jagdfest konzentrierte, drehte sich zwischen Buffy und Cordelia alles um die Wahl zur Schönheitskönigin. Und auch Xander und Willow konnten nur noch an den Ball denken. In diesem Augenblick waren die beiden gerade bei Willow im Zimmer und versuchten, sich ihre Outfits für das große Ereignis zusammenzustellen. Xander vergewisserte sich, dass sein Smoking noch passte. Willow suchte in ihrem Schrank nach einem geeigneten Kleidungsstück für den Ball. Schließlich kam sie hinter der großen weißen Trennwand in der Ecke ihres Zimmers hervor und präsentierte Xander eine rote Seidenbluse. »Was hältst du von der?«

»Hübsch«, murmelte Xander. Er klang nicht allzu begeistert.

Willow verstand. Sie fing an, in dem Kleiderstapel auf ihrem Bett nach etwas anderem zu fischen. »Das ist mein erster großer Ball«, erklärte sie Xander, während sie sich diskret hinter der Trennwand umzog. »Du weißt schon, ein richtiger Ball mit einer männlichen Begleitung und einem Orchester und nicht bloß ein Ball, der in meiner Fantasie stattfindet, während ich allein in meinem Zimmer sitze. Ich möchte, dass er …«

»Etwas ganz Besonderes wird«, beendete Xander ihren Satz. »Daher habe ich auch keine Kosten und Mühen mit dem Smoking gescheut.«

»Dem Smoking?«, fragte Willow. »Ich dachte, den hättest du dir von deinem Cousin Rigby geliehen.«

»Na ja, zumindest in Bezug auf meinen Stolz habe ich keine Mühen gescheut«, gab Xander zu, während er mit seiner Krawatte kämpfte. »Rigby und seine Familie sind nämlich unsere einzigen Verwandten, die Geld haben, und sie gehen uns aus dem Weg. Womit sie ja Recht haben«, fügte er hinzu.

Willow kam hinter der Trennwand hervor und führte schüchtern einen langen Rock mit Blumenmuster und ein schwarzes Top vor. »Und was hältst du davon?«

Xander speiste sie mit einem weiteren unverbindlichen

»Hübsch« ab und widmete sich wieder dem Kampf mit seiner Krawatte.

Willow nickte. Sie fand dieses Outfit auch nicht gerade toll. Sie streckte die Arme aus und nahm Xander das Krawattenbinden ab. Dann fing sie an zu kichern.

»Was ist?«, fragte Xander.

»Ich dachte nur gerade ... Erinnerst du dich noch an dieses Tanzfest in der achten Klasse?«, fragte Willow. »Damals hattest du diesen Selbstbinder ...«

»Ich war total elegant mit diesem Selbstbinder.«

»Und jetzt stehen wir wieder hier«, sinnierte Willow. »Und der Abschlussball steht bevor.«

»Wir sollten es uns eingestehen, Will. Du und ich, wir werden in nebeneinander gelegenen Altenheimen wohnen«, prophezeite ihr Xander. »Und ich werde immer vorbeikommen, um mir von dir meinen ... meine ... Jetzt fallen mir nur Sachen ein, die richtig eklig sind.«

Willow lächelte ihn kurz an. Dann nahm sie ein anderes Outfit vom Bett und verschwand wieder hinter der Trennwand.

»Also, äh, was dich und Oz angeht«, begann Xander beiläufig, während er seine schwarze Weste zuknöpfte. »Wie soll ich sagen? Seid ihr in Phase eins, zwei oder schon in ...« Xander beendete den Satz mit einem anzüglichen Pfeiflaut.

»Das geht dich überhaupt nichts an, Alexander Harris!«

»Oh«, rief Xander offenkundig beeindruckt. »Ihr lasst gerade Phase zwei hinter euch.«

»Was weißt du denn schon«, erwiderte Willow. »Und wie steht es bei dir und Cordelia?«

Xander schlüpfte in seine Smokingjacke. »Ein Gentleman spricht nie über seine Eroberungen.«

»Seit wann bist du denn ein Gentleman?«, neckte ihn Willow. Sie trat hinter der Trennwand hervor und führte ihre neueste Wahl vor, ein verführerisches schwarzes Abendkleid.

Xander starrte sie einen sehr langen Augenblick lang an. So lange, dass Willow unbehaglich zumute wurde. Sie schaute an sich herab und strich über den seidigen schwarzen Stoff. »Ich weiß. Hübsch«, sagte Willow.

»Ich wollte eigentlich gerade ›wunderschön‹ sagen«, korrigierte Xander sie.

Willow lächelte schüchtern. »Wirklich?«

Xander nickte, sagte aber nichts.

»Du siehst auch wunderschön aus«, entfuhr es Willow. Dann fügte sie schnell hinzu: »Auf eine männliche Art.«

»Oz kann sich sehr glücklich schätzen«, versicherte Xander seiner besten Freundin.

»Cordelia ebenfalls«, gab Willow zurück.

Das war's. Zum ersten Mal in ihrem ganzen Leben wussten sie nicht, was sie einander sagen sollten. Schließlich war es Willow, die das unbehagliche Schweigen brach.

»Ich weiß nicht, ob ich darin tanzen kann.« Sie dachte eine Sekunde nach, dann bekam sie plötzlich einen panischen Gesichtsausdruck. »Ich weiß nicht, ob ich überhaupt *tanzen* kann.«

»Kleinigkeit«, versicherte Xander ihr. Er streckte seine Hand aus. »Bitte sehr.«

Willow ergriff sie vorsichtig, und sie begannen langsam und unbehaglich zu tanzen. Aber während die beiden Freunde sich über den Fußboden in Willows Zimmer bewegten, entspannten sie sich wieder. Ohne es überhaupt mitzukriegen, bewegten sie ihre Körper immer näher aneinander heran. Bis sie sich berührten. Und dann ... küssten sie sich – zuerst ganz sanft, und dann mit einer Leidenschaft, wie es normalerweise nur Paare tun. Der Kuss dauerte nur ein paar Sekunden, dann ließen sie sich blitzschnell los und sprangen auseinander.

»Das ist nicht wirklich passiert, oder?«, fragte Xander nervös.

»Nein«, stimmte Willow ihm rasch zu. »Ich meine, ist es doch. Aber andererseits auch wieder nicht.«

»Weil ich dich respektiere«, versicherte Xander ihr, »*und* Oz, und ich würde nie ...«

»Ich auch niemals«, unterbrach Willow ihn. »Es muss an den Kleidern liegen. Ist nur ein Ausrutscher.«

»Ja genau, wegen der Kleider«, stimmte Xander ihr zu. »Genau das ist es, und es wird keine weiteren Ausrutscher geben.«

»Niemals«, stimmte Willow ihm zu. Sie blickte zu ihm hoch. Er starrte sie an. Und einen Moment lang schien es, als könnte es noch eine Menge mehr Ausrutscher geben.

»Wir müssen aus diesen Kleidern raus«, beharrte Xander.

»Auf der Stelle!«, pflichtete Willow ihm bei.

Xander lief rot an, als ihm klar wurde, wie das geklungen haben musste. »Oh, ich meinte nicht ...«

»Ich auch nicht«, antwortete Willow atemlos und verschwand hinter der Trennwand.

Am nächsten Tag saßen Willow und Xander so weit voneinander entfernt wie nur möglich, als die *Scooby-Gang* sich in der Bibliothek zu einem ihrer strategischen Meetings versammelte. Dieses Treffen war jedoch anders als sonst, weil nicht die üblichen Themen auf der Tagesordnung standen. Statt Vampirpflöcken, Kampftechniken und Friedhöfen ging es heute um das Ausklügeln einer Strategie, die Buffy die Krone der Schönheitskönigin einbringen sollte.

»Eine solcher Wahlkampf ist wie ein Krieg«, ließ Buffy die anderen wissen. »Über Sieg oder Niederlage wird im Schützengraben entschieden.« Sie zeigte auf eine riesige weiße Tafel hinter sich. Hier hingen nicht nur diverse Bilder ihrer Konkurrentinnen, sondern auch Listen über deren Vor- und Nachteile. »Holly, Michele und unsere größte Konkurrentin, Cordelia, haben einen ziemlichen Vorsprung.« Sie hielt einen Moment inne und lächelte ihre versammelten Krieger an. »Wo wir gerade von Cordelia sprechen: Wenn ich so viel Geld hätte, wie sie Stroh in ihrem Kopf, wäre ich eine reiche Frau.«

Willow, Oz und Xander starrten sie verdutzt an.

»Ich warte auf Lacher«, scherzte Buffy. Es stellte sich jedoch keiner ein. Also fuhr Buffy mit ihrer Rede fort. »Okay, ich ziehe besser nicht über meine Konkurrenz her, sonst wirke ich noch kleinkariert.« Buffy wandte sich ihren Freunden zu. Immer noch keine Reaktion. Jetzt fing sie an, nervös zu stammeln, während sie laut nachdachte: »Das hier ist wie jeder andere Beliebtheitswettbewerb auch; ich hab so was schon mal gemacht. Mit dem einzigen Unterschied, dass ich dieses Mal nicht wirklich beliebt bin. Aber ich bin auch nicht wirklich unbeliebt. Ich meine, es sind schließlich eine Menge Leute zu meiner Willkommensparty gekommen.«

»Aber sie sind von Zombies getötet worden«, erinnerte Willow sie.

Ihre Freundin hatte Recht. Dies hier würde anders werden als jeder andere Beliebtheitswettbewerb, an dem Buffy je teilgenommen hatte – und Cordelia war wahrscheinlich die härteste Gegnerin, der sie je gegenübergestanden hatte, erst recht, wenn es um Schönheit ging. »Willow, ich möchte eine Datenbank anlegen mit Rubriken wie: ›Wer ist für uns?‹ ›Wer ist neutral?‹ ›Wo sind unsere größten Schwachstellen?‹« Dann wandte sich Buffy an Oz. »Du kümmerst dich um die Leute am Rande, um die Musiker, die keine Lust haben, ihre Stimme abzugeben. Xander –« Sie hielt inne und folgte den Blicken ihrer Freunde, die alle zur Tür der Bibliothek führten.

Dort stand Cordelia in voller Kampfmontur – einem weißen ärmellosen Rollkragenpulli, einem kurzen grauen Faltenrock und einer farblich abgestimmten grauweißen Handtasche.

»Hi, Cordelia«, begrüßte Buffy sie. »Ich weiß, es ist ein bisschen merkwürdig, aber ich sehe eigentlich keinen Grund, wieso wir während des Wahlkampfes nicht miteinander auskommen sollten. Wir sind ja so gut wie befreundet, und wir fahren alle zusammen in der Limousine zum Ball.«

»Großartig«, stimmte ihr Cordelia zu. Sie wandte sich an Willow. »Was macht die Datenbank?«

Aus Willows Augen sprach deutliches Schuldbewusstsein, und sie versuchte verzweifelt, Buffys überraschtem Blick auszuweichen. »Äh, sie ist fast fertig.«

Cordelia nickte. »Xander?«

»Ich hab deine neuen Flyer dabei«, versicherte er ihr.

Cordelia lächelte triumphierend. »Na, dann los«, sagte sie zu den anderen und ging auf die Tür zu.

Xander sah Buffy hilflos an. »Ich bin schließlich mit ihr zusammen«, erklärte er.

»Es ist nur so ... sie braucht meine Hilfe viel dringender als du«, versuchte Willow ihre Handlungsweise zu rechtfertigen.

Oz hatte eine direktere Begründung parat: »Und ich schließe mich natürlich dem an, was Willow macht«, meinte er schwach.

Buffy konnte nichts darauf erwidern. Sie stand völlig schockiert da; sie war von ihren engsten Verbündeten verlassen.

Cordelia lächelte triumphierend. »Danke für das, was du eben gesagt hast, Buffy. Ich glaube, wir werden gut miteinander auskommen, was meinst du?«

Als Cordy sich zum Gehen umwandte, stand Buffy einen Moment ganz allein da und überlegte, was da gerade geschehen war. Ihre Freunde hatten sie alle einfach im Stich gelassen – ausgerechnet zugunsten von Cordelia, ihrer Konkurrentin. Nun ja, nicht *alle* ihre Freunde. Giles war immer noch da und sortierte still Bücher ins Regal ein.

»Sieht aus, als gäbe es ganz schön viel Aufregung für so einen kleinen Titel«, kommentierte er den Königinnenstreit, während er sich über einen Tisch in der Nähe beugte.

»Wenn man nicht versucht, sein Bestes zu geben, macht es keinen Spaß«, entgegnete Buffy ihm.

Giles nickte langsam. »Solange dabei noch Spaß im Spiel ist.«

Buffy lächelte und griff nach einer Flasche Apfelschorle. Sie nahm einen großen Schluck daraus. »Sicher. Es ist ja nicht so, als nähme irgendjemand die Sache furchtbar ernst.« Sie hätte sogar glaubwürdig geklungen, wenn sie die Flasche nicht so sehr in ihren Händen gequetscht hätte, dass sie schließlich kaputtgegangen wäre.

Wenn das Überlaufen ihrer Freunde auf die Seite ihrer Konkurrentin irgendeinen Effekt auf Buffy hatte, dann den, dass sie nun noch entschlossener war, Cordelia zu besiegen. Wenn etwas laufen sollte, dann, so dachte sie, musste man es schließlich ohnehin selbst in die Hand nehmen. Und Buffy blieben nur wenige Tage Zeit, um richtig beliebt zu werden – sie musste sozusagen in Windeseile Eindruck schinden. Mehr die Königin und weniger die Jägerin raushängen lassen. Sie fand, dass blauer Lidschatten ihre Augen besonders gut zur Geltung brachte. Außerdem begann sie, kleine Kuchen zu backen und Plakate aufzuhängen. Und wenn einige dieser Buffy-Summers-Plakate rein zufällig direkt über Cordelias zu hängen kamen, umso besser.

Cordelia nahm dies natürlich nicht einfach so hin. Während Buffy ihre kleinen Kuchen verteilte, gab sie Desserts aus. Und für jedes Plakat, auf dem Buffy prangte, hängte sie zwei von sich auf.

Buffy war überrascht, wie viel Energie diese Art von Öffentlichkeitsarbeit kostete. Sie hatte den halben Tag damit verbracht, mit den Sportskanonen über Baseball und mit den Brillenschlangen über wissenschaftliche Theorien zu plaudern. Und da sie weder für das eine noch für das andere Thema gesteigertes Interesse hatte, fühlte sie sich im Anschluss fast genauso erschöpft wie nach einer Nacht auf Vampirjagd. Sie konnte sich nicht erinnern, während ihres Wahlkampfs in Los Angeles so müde gewesen zu sein. Aber dennoch ließ sich Buffy nicht entmutigen. Mit einem Wahlkampf um den Titel der Schönheitskönigin, dachte sie, verhielt es sich schließlich genauso wie mit allem anderen auch – man musste nur genug Ausdauer an den Tag legen. Sie betrachtete eines der Plakate von Cordelia an der Wand. »COR IS MORE« stand darauf. Fröhlich veränderte Buffy den Spruch in »CORD ist MORD«. Dann wandte sie sich ab, um den Schülern, die den Innenhof überqueren wollten, ihre eigenen Flyer in die Hand zu drücken.

Sie war noch keine zwei Minuten draußen, als sie ungeschickt den kompletten Stapel Flyer auf den Boden fallen ließ. Gerade als sie sich müde hinhockte, um sie wieder aufzuheben, kam Scott vorbei. Er bückte sich, um seiner Ex zu helfen.

»Hier«, sagte er freundlich.

»Oh. Danke«, erwiderte Buffy verlegen.

Scott blickte auf einen der Flyer. »Ich hab schon gehört, dass du das machst.«

Plötzlich war Buffy peinlich berührt. »Das ist nur so zum Zeitvertreib. Eigentlich ziemlich albern.«

»Das finde ich nicht«, erwiderte Scott. Seine großen, ernsten Augen starrten in Buffys. »Meine Stimme hast du übrigens.«

»Ich möchte wirklich nicht, dass du dich dazu –«, begann Buffy. Sie brach mitten im Satz ab. »Danke.« Sie sah ihn mit einem Hauch von Sehnsucht im Blick an.

Scott nickte ein wenig verlegen und ging davon. Sofort legte Buffy ihre Trauriges-kleines-Mädchen-Masche ab und holte ihren Notizblick heraus. Dort standen alle Schüler der Sunnydaler Oberstufe einzeln verzeichnet. Die Namen von einigen waren durchgestrichen, andere hatten ein Häkchen an der Seite, und wieder andere hatten noch gar keine Markierung, was bedeutete, dass Buffy noch versuchen konnte, sie auf ihre Seite zu ziehen. Als sie ein Häkchen neben Scotts Namen machte, huschte ein breites Lächeln über ihr Gesicht.

Buffy spazierte, auf der Suche nach weiteren Schülern, die sie verführen könnte, in die Aula. Dort erblickte sie Willow, die Buffys und Cordelias Wahlplakate aufmerksam betrachtete. Will sah aus, als würde sie von schweren Schuldgefühlen geplagt. Buffy lächelte in sich hinein. Das war genau das, worauf sie zählte.

»Hi«, begrüßte Buffy die Freundin.

»Oh, hi. Wie geht's? Alles in Ordnung bei dir? Du siehst gut aus. Und gibt's sonst noch was Neues bei dir? Habe ich schon erwähnt, dass du gut aussiehst?«, plapperte Willow in Höchstgeschwindigkeit drauflos, ohne einmal Luft zu holen.

»Will, ist schon okay, dass du Cordelia hilfst«, versicherte Buffy ihr. »Wir sind die besten Freunde. Ich werde dir das nicht vorhalten.«

Willow schüttelte entschieden den Kopf. »Nein. Ich bin keine Freundin. Ich bin ein tollwütiger Hund, den man besser erschießen sollte. Aber hier sind irgendwelche Mächte am Werk. Dunkle, unverständliche Kräfte.«

»Und ich bin sicher, sie sind dir wichtiger als alles, was wir zusammen durchgemacht haben, oder als die vielen Male, die ich dir das Leben gerettet habe ...«

»Was willst du?«, fragte Willow kleinlaut.

Buffy lächelte triumphierend. »Fünfzehn Minuten an deinem Computer mit Cordelias Datenbank.«

»Okay«, willigte Willow noch kleinlauter ein.

Buffy legte ihren Arm um Willow und führte sie aus der Aula hinaus. »Ich habe den Autoverleih angerufen und alles klargemacht«, sagte Buffy zu Willow. Sie klang nun ziemlich aufgekratzt. »Die Limousine wird zuerst bei Faith vorbeifahren, dann bei mir, dann bei dir, es sei denn, du bist bei Oz, und anschließend ...«

Willow hörte ihr zu, ohne etwas zu erwidern. Sie hatte ein viel zu schlechtes Gewissen, um gesprächig zu sein. Sie fühlte sich schuldig wegen Xander, weil sie Cordelia half und weil sie Buffy einen Blick in Cordelias Datenbank gewähren würde.

In der dunklen Villa am Stadtrand saß der alte Mann gerade an seinem PC und erstellte einen detaillierten Stadtplan von Sunnydale, der für Mr. Tricks Jagdfest gedacht war. Er war jedoch nicht der Einzige, der sich auf das Fest vorbereitete. Frederick und Hans übten sich gerade eifrig im Boxkampf, und Kulak, das stachelköpfige Monster, inspizierte gerade die Klingen der Messer, die in seine schuppigen Unterarme implantiert waren. Frawley, der Großwildjäger, überprüfte soeben sein riesiges Gewehr auf seine Funktionstüchtigkeit. Nur Lyle Gorch und seine neue Frau Candy schienen keinerlei Bedürfnis zu verspüren, sich vorzubereiten. Sie waren zu sehr mit dem Austausch von Mundflüssigkeit beschäftigt und küssten sich, wie nur verliebte Vampire sich küssen konnten.

Buffy hatte währenddessen nicht die geringste Ahnung von den Vorgängen am anderen Ende der Stadt. Soweit sie sich bewusst war, hatte der einzige Feind, dem sie die Stirn bieten musste, schöne braune Haare und ein beängstigend hübsches Lächeln. Und exakt in diesem Moment flirtete diese gefährliche Kreatur mit einer Gruppe von extrem unansehnlichen Strebern.

»Du machst wohl Scherze«, meinte Cordelia mit gespielter Empörung. »Ich kenne den Todesgriff der Vulkanier schon seit ich vier Jahre alt bin!« Sie streckte ihre Hand aus und berührte den Arm eines der *Star-Trek*-Fans.

Buffy erging es auch nicht viel besser. Sie hatte gerade einem Typen aus der Oberstufe ein leckeres, mit Creme gefülltes Törtchen überreicht. »Weißt du, Jonathan«, teilte sie ihm lächelnd mit, »ich hab schon immer das Gefühl gehabt, dass wir uns gut verstehen.«

Aber Jonathan fiel nicht darauf herein. »Cordelia hat mir

sechs Dollar gegeben«, informierte er Buffy, als er in das Cremetörtchen biss. »Damit kann ich mir eine Menge Törtchen kaufen.«

Buffys grüne Augen funkelten. »Okay, was hältst du davon: Du gibst mir deine Stimme, und dafür vertrimme ich dich nicht, bis du windelweich bist.«

Ein Blick aus Buffys todernsten Augen genügte, damit Jonathan auf ihren Vorschlag einging.

Nachdem sie sich auf diese Weise seine Stimme gesichert hatte, ging die Jägerin wütend zu Cordelia, um die Konkurrentin zur Rede zu stellen. »Jetzt verteilst du also schon Geld?«

»Na und?«, fragte Cordelia unschuldig. »Ist das vielleicht geschmackloser als deine Plakate, die aussagen sollen, dass du zwar schüchtern, aber unglaublich tiefgründig bist?«

»Allerdings«, beharrte Buffy.

Cordelia sah gelangweilt aus. »Es ist wirklich langsam nicht mehr lustig, dass du die ganze Zeit versuchst, so zu sein wie ich.«

Jetzt geriet Buffy erst richtig in Rage. »Ich habe noch nie versucht, so zu sein wie du«, versicherte sie Cordelia. »Und wann sollte das jemals lustig gewesen sein?«

»Ich sehe wirklich nicht ein, warum dein armseliges Bedürfnis, deine glorreichen alten Tage wieder aufleben zu lassen, dir das Recht gibt, mir Stimmen wegzunehmen!«, blaffte Cordelia zurück.

Buffy sah sie ungläubig an. »Was fällt dir eigentlich ein, so mit anderen Leuten zu reden?«, fragte sie wütend. »Was hast du überhaupt für eine Kinderstube genossen?«

»Eine mit zwei Eltern«, gab Cordelia zurück. »Im Gegensatz zu anderen Leuten.«

Das saß. Buffy fühlte sich, als hätte ihr jemand ins Gesicht geschlagen. »Dein Gehirn ist ja noch nicht einmal mit deinem Mundwerk verbunden«, giftete sie.

»Warum tust du uns beiden nicht einen Gefallen und gehst mir aus dem Weg«, sagte Cordelia. Sie versuchte, das Gespräch an dieser Stelle zu beenden, indem sie einfach weiterging.

Aber das ließ sich Buffy nicht bieten. Sie packte Cordelia an der Hand und hielt sie fest.

»Tu das nie wieder«, warnte Buffy sie und betonte dabei jedes Wort. Sie wollte unmissverständlich klarstellen, dass es sich hier um eine ernst gemeinte Drohung handelte.

»Du bist krank, weißt du das?«, fragte Cordelia.

In dem Moment kamen Xander und Willow herbeigeeilt. Xander hielt seine Freundin fest, bevor Schlimmeres passieren konnte. »Schluss jetzt. Sagt nichts, was ihr später bereuen könntet«, warnte er.

»Armseliger Freak!«, fuhr Cordelia Buffy an.

»Oberflächliches Flittchen«, schlug Buffy zurück.

Xander zuckte zusammen. »Ja, genau so was hatte ich gemeint«, warf er ein.

Aber Cordelia hörte gar nicht mehr zu. »Wie hast du mich genannt?«, fragte sie Buffy.

Bevor Buffy etwas erwidern konnte, zog Xander Cordelia weg. Willow blieb neben Buffy stehen und runzelte die Stirn, während sie Xander und Cordelia nachsah. Die Dinge waren echt außer Kontrolle geraten.

Später an diesem Nachmittag trafen sich Xander und Willow bei Willow zu Hause. Sie waren beide völlig außer sich über die Ereignisse der letzten vierundzwanzig Stunden.

»Das ist einfach das Allerschlimmste, was je passiert ist«, stöhnte Willow.

»Ich weiß, ich weiß«, stimmte Xander ihr zu und legte ihr seine Hände auf die Schultern, »aber wenn ich dich jetzt ansehe, ist es so, als sähe ich dich zum ersten Mal.«

»Ich hab über Buffy und Cordelia gesprochen.«

Xander nahm sofort seine Hände von ihr. »Ich auch«, meinte er verlegen.

»Was machen wir denn jetzt?«, fragte Willow. »Wir müssen doch etwas tun. Das ist alles unser Fehler.«

Xander sah Willow erstaunt an. Irgendwie schien sie alle Probleme dieser Welt immer als ihre eigenen zu betrachten. Dabei waren ihre Schultern bei weitem zu schmal für eine so schwere Last. »Wie kannst du bei einem Streit zwischen zwei Zicken von ›unser Fehler‹ sprechen?«, fragte er verständnislos.

»Weil wir uns so schuldig gefühlt haben wegen unseres Ausrutschers. Um das zu kompensieren, haben wir uns auf Cordelias Seite geschlagen und unsere Gruppendynamik damit so sehr durcheinander gebracht, dass sie schließlich irgendwo im Weltraum gelandet ist.« Sie brach einen Moment ab, um Luft zu holen. »Jetzt sind wir ein Meteoritensturm mit Kurs auf die Erde.«

»Ganz ruhig, ganz ruhig. Lass uns unsere Köpfe zusammenstecken und nach einer Lösung suchen«, schlug er vor. »Du bist schließlich verdammt schlau, und ich bin ...«, er hielt einen Moment inne und verzog das Gesicht, »ich bin kurz davor, wahnsinnig zu werden. Ich dachte, in der Oberstufe zu sein und – endlich – eine Freundin zu haben wäre eine gute Sache. Warum ist es das nicht?«

Willow sah ihn an und grinste belustigt.

»Was?«, fragte er.

»Manchmal, wenn du verzweifelt bist, machst du mit der Oberlippe so eine supersüße Bewegung«, gestand sie ihm.

Xanders Blicke glitten zärtlich über ihr Gesicht. »Mit meiner Oberlippe?«

Willow streckte die Hand aus und legte ihre Finger auf seinen Mund. Xander berührte schweigend ihre Hand. Einen Augenblick saßen sie ganz still so da und wagten es nicht, sich zu bewegen. Schließlich zog Willow ihre Hand zurück.

»Was sollen wir denn jetzt machen?«, fragte sie Xander.

»Wir müssen einfach dafür sorgen, dass die beiden miteinander reden«, schlug Xander vor.

Willow schüttelte den Kopf. »Ich rede von uns.«

Als der Abend des Schulballs schließlich gekommen war, fühlte sich Buffy bereit. Sie würde an diesem Abend in jedem Fall auffallen. Sie trug ein ganz besonders knalliges Rot – von den Spaghettiträgern ihres dreiviertellangen Satinkleids bis zu den Spitzen ihrer Stilettos. Ihre hoch gesteckten Haare und die baumelnden Ohrringe verliehen dem Ganzen noch die nötige Eleganz. Und als die lange schwarze Luxuslimousine vor ihrem Haus hielt, fühlte sie sich bereits wie die Schönheitskönigin, zu der sie, da war sie sich sicher – oder, na ja, *ziemlich* sicher –, bald gekürt werden würde.

Cordelia war ebenfalls wie eine Schönheitskönigin aufgemacht. Sie trug ein grünes, eng anliegendes Satinkleid, das viel Haut durch einen langen Schlitz in der Seite zeigte und ein Vermögen gekostet haben musste. Buffy beäugte sie argwöhnisch, als sie im Wagen Platz nahm. Buffys Plan entsprechend, hätte Cordelia als Letzte abgeholt werden sollen und nicht als Erste.

»Was machst du denn hier? Wo ist Faith?«, fragte Buffy.

Cordelia verweigerte die Antwort und schaute noch nicht einmal in Buffys Richtung. Stattdessen überreichte sie Buffy einen Umschlag.

Buffy öffnete ihn und las die darin liegende Botschaft laut vor: »Liebe Cordelia, liebe Buffy. Wir werden nicht mit euch zusammen zum Ball fahren. Wir möchten, dass ihr eure Probleme miteinander klärt. Unsere Freundschaft ist uns wichtiger als die Wahl der Ballkönigin. Eure Freunde. P.S.: Die Limousine war nicht gerade billig. Also gebt euch Mühe.«

Buffy seufzte. Das war nicht gut. Sie blickte auf den Sitz zwischen ihr und Cordelia. Darauf lagen zwei Schachteln mit

Ansteckblumen. Eine davon war leer. »Sie haben uns Ansteckblumen gekauft?«, fragte Buffy verwundert.

»Ich hab die Orchidee genommen«, ließ Cordelia sie wissen.

Buffy verzog leicht das Gesicht, bemühte sich jedoch, ihr Temperament im Zaum zu halten. »Okay«, murrte sie, während sie die andere Blume an ihr Kleid heftete. »Nett, dass du dich darüber mit mir abgestimmt hast.«

Cordelia warf ihr einen bösen Blick zu. »Ich weiß nicht, was es da für ein Theater zu machen gibt.«

»Ich mache kein Theater«, beharrte Buffy. »Du wolltest die Orchidee, also hast du die Orchidee bekommen.«

»Die passt besser zu meinem Teint.«

Buffy betrachtete Cordelias Gesicht. »Sie hat diesen Stich ins Fahle«, bemerkte sie sarkastisch.

Plötzlich hielt die Limousine an. Die Fahrertür öffnete sich. »Endlich sind wir da«, bemerkte Buffy. Sie wartete darauf, dass der Fahrer auf ihre Seite kommen und ihr die Tür öffnen würde, aber er kam nicht. Stattdessen hörte sie seine schweren Schritte, während er in die Nacht davonlief. Buffy öffnete ihre Tür, stieg aus der Limousine und schaute sich um. Hier gab es definitiv keinen Schulball. Der Wagen hatte mitten im Wald angehalten – mitten in der Pampa.

»Was soll denn das?«, fragte Cordelia, nachdem sie ebenfalls ausgestiegen war. »Okay, Leute, jetzt reicht's aber mit euren blöden Spielchen!«, rief sie in den Wald hinein.

Aber niemand antwortete.

Buffys Intuition sagte ihr, dass dies kein Streich war, den ihre Freunde ihnen spielten. Das hier roch nach Ärger. »Was stimmt nicht in diesem Bild?«, fragte sie sich laut. Als sie ihren Kopf zur Seite wandte, fiel ihr ein riesiger Fernseher auf, der am Waldrand stand. Sie hielt darauf zu. Cordelia, die plötzlich Angst hatte, allein zurückzubleiben, folgte ihr dicht auf den Fersen.

An dem Fernsehgerät hing ein Zettel, auf dem einfach nur: »Auf START drücken« stand. Buffy tat, wie ihr geheißen. Sofort erschien Mr. Tricks glattes, weltmännisches Gesicht auf dem Bildschirm.

»Hallo, die Damen«, sagte Mr. Trick. »Willkommen zum Jagdfest '98. Was ein Jagdfest ist, wollt ihr wissen? Nun ja, wie meistens im Leben, gibt es auch hierbei Jäger und Gejagte. Könnt ihr erraten, wozu ihr beiden gehört? Vom Anfang dieser Aufnahme an habt ihr exakt dreißig Sekunden«, Mr. Trick schaute auf die Uhr, »oh, inzwischen nur noch siebzehn, ja, siebzehn Sekunden, in denen ihr um euer Leben laufen könnt. Faith, Buffy, einen schönen Tod wünsche ich euch.«

Buffy drehte sich um und suchte den Wald rasch nach potenziellen Killern ab. Cordelia starrte hingegen immer noch auf den Bildschirm und schrie das Bild an. »Hallo? Wie blöd seid ihr eigentlich? Sie ist die Jägerin. Und ich bin die Ballköni-«

Bevor Cordelia ihre Schmährede beenden konnte, hallte ein lauter Schuss durch die Dunkelheit. Die Kugel durchschlug den Fernseher und ließ ihn explodieren. Schnell packte Buffy Cordelia am Arm und zog sie in den Wald.

Das Jagdfest war für Buffy und Cordelia alles andere als ein Fest, aber auch der Schulball war keine wirkliche Freude. Wenigstens nicht für Xander und Willow. Sie verbrachten den Abend im *Bronze* damit, so viel Abstand zueinander zu halten, wie ihnen nur eben möglich war. Eigentlich standen sie den überwiegenden Teil des Abends einfach nur so herum und wippten im Takt der Musik, die Oz' Band zum Besten gab.

Faith, die ein eng anliegendes schwarzes Teil anhatte, das ihr Tattoo auf dem Oberarm und noch eine Menge anderes enthüllte, kam auf das griesgrämige Duo zu. »Wieso seid ihr zwei denn so schlecht drauf?«, fragte sie die beiden.

»Wir sind nicht schlecht drauf«, erwiderte Xander ziemlich

wenig überzeugend. »Wir gehen mit der Musik mit. Oz ist wirklich ein super Typ.«

»Diesen Song hat er für mich geschrieben«, fügte Willow hinzu. Ihr traten Tränen in die Augen.

Faith wandte ihren Kopf genau rechtzeitig, um zu sehen, wie Buffys Ex mit seiner neuen Flamme vorbeikam. »So ein schmieriger Typ«, sagte sie wütend und ging in Scotts Richtung davon.

Willow und Xander standen weiter herum und lauschten wenig begeistert der Musik, bis sie Giles von der anderen Seite des Raums aus ihrer Lethargie riss. »Wir müssen Buffy finden! Es ist irgendwas Schreckliches passiert!«

Xander und Willow waren sofort hellwach. Ihre Körper spannten sich an, und ihre Augen weiteten sich vor Angst.

Giles fing an zu lachen. »War nur ein Scherz! Ich wollte euch nur ein bisschen Angst einjagen.«

Willow und Xander sahen sich überrascht an. Wie merkwürdig dieser Abend war. Als wenn es nicht genug wäre, dass sie sich Sorgen machen mussten wegen ihres Ausrutschers, jetzt hatte Giles auch noch einen Sinn für Humor entwickelt. War das noch zu toppen?

Während Buffy und Cordelia durch den Wald rannten – immer noch auf hohen Absätzen –, hielten sie permanent Ausschau nach … nun ja, Buffy war nicht sicher, wonach sie eigentlich Ausschau hielten, da sie keine Ahnung hatte, wer eigentlich hinter ihnen her war.

»Ich hab eine Idee«, meinte Cordelia, während sie sich schnell durch die dunklen Bäume bewegten. »Wir reden mit diesen Leuten, erklären ihnen, dass ich keine Jägerin bin, und dann lassen sie mich gehen. ACHTUNG!« Cordelia zeigte auf Buffys Fuß, mit dem sie um ein Haar in eine Bärenfalle getreten wäre. Gerade noch rechtzeitig zog Buffy ihren Fuß zur Seite.

Als die Falle geräuschvoll zuschnappte, tauchte Frawley, der

Großwildjäger, aus dem dunklen Wald auf. Er hielt sein Gewehr schussbereit und zielte damit direkt auf Buffys Herz. Ohne auch nur eine Sekunde zu zögern, bückte sich Buffy, hob die Falle hoch und schleuderte sie geradewegs in seine Richtung. Die Falle krachte gegen Frawleys Kopf. Er ließ sein Gewehr fallen, taumelte rückwärts und – *schnapp!* – trat in eine seiner eigenen Fallen.

»Das tut weh«, bemerkte Buffy nicht eben mitfühlend, während sie Frawleys Gewehr vom Boden aufhob und es auf ihn richtete. »So, Sie haben die Wahl: Ich kann Sie aus der Falle befreien, ich kann Ihnen aber auch eine Kugel in den Kopf jagen. Wie viele Mitspieler nehmen an diesem Spielchen teil, und was tragen sie bei sich?«

Frawley sagte zunächst gar nichts. Er war nicht sicher, ob diese kleine Blondine ihn wirklich erschießen würde, selbst wenn sie eine Jägerin war. Aber sobald Buffy das Gewehr entsicherte, wusste Frawley, dass sie es ernst meinte.

»Da sind außer mir noch zwei Deutsche mit Karabinern und einem Granatenwerfer, ein gelbhäutiger Dämon mit langen Messern und ein Vampir-Ehepaar aus Texas namens Gorch«, sagte er, ohne zwischendurch richtig Luft zu holen.

»Sind das alle?«, fragte Buffy.

»Alle, die hier draußen sind«, versicherte Frawley ihr. »Die Deutschen sind verkabelt. Ihr Boss überwacht sie per Computer. Und jetzt hol mich hier raus!«

Cordelia sah den Großwildjäger flehentlich an. »Könnten Sie mir einen winzigen Gefallen tun?«, fragte sie. »Könnten Sie Ihren Freunden sagen, dass ich keine –«

Bevor Cordy die Wahrheit über sich verraten konnte, schlug Buffy ihr eine Hand vor den Mund, um sie ruhig zu stellen. Dann spürte sie, dass Gefahr nahte, wirbelte herum und sah sich dem stacheligen gelben Monster gegenüber. Kulak schleuderte sein scharfes Messer in Buffys Richtung. Buffy gab einen

Schuss aus Frawleys Gewehr ab. Kulak hatte schlecht gezielt, das Messer verfehlte sein Ziel. Buffys Schuss traf besser und streckte Kulak rückwärts zu Boden. Er war benommen, aber nicht tot.

Cordelia schrie laut auf. Rasch packte Buffy sie am Arm und zerrte sie vom Ort des Geschehens weg. Sie wollte nicht mehr da sein, wenn dieses Monster wieder zu sich kam.

Während sich Buffy um jeden Preis bemühte, Cordelia und natürlich auch sich selbst zu retten, erwies Faith der Jägerin einen – wie sie glaubte – großen Freundschaftsdienst. Sie ging auf Scott und seine Flamme zu und drängte sich auf der Tanzfläche genau zwischen sie.

»Scott, da bist du ja, mein Schatz«, begrüßte sie ihn in einem äußerst vertraulichen Ton. »Es gibt gute Neuigkeiten. Der Arzt sagt, das Jucken, die Schwellung und das Brennen werden wieder zurückgehen, aber du solltest nicht aufhören, die Salbe regelmäßig aufzutragen.« Sie drehte sich zu seiner Flamme um und lächelte süßlich. »Hi«, sagte sie, tanzte davon und lächelte leise in sich hinein.

Xander und Willow war es dagegen den ganzen Abend noch nicht gelungen, ein Lächeln hinzukriegen. Sie blickten noch immer starr auf die Bühne – aus Angst, sich gegenseitig anzuschauen.

»Ich hab so den Verdacht, dass dieses Finger-Food heute Abend auch echte Finger enthält«, meinte Giles, als er nach einem unbefriedigenden Abstecher beim Büffet zu ihnen herüberkam. »Ich glaube, bis zur Krönung werde ich mich in die Bücherei zurückziehen. Ich möchte dabei sein, wenn Buffy die Wahl ... na ja, wie auch immer die Sache auch für sie ausgehen mag.« Er hielt kurz inne und lächelte Willow und Xander stolz an. »Das war eine tolle Idee von euch, dass ihr die beiden zusammengesteckt habt.«

Als Giles davonging, verzog Willow das Gesicht. »Wenigstens etwas, was wir gut gemacht haben«, sagte sie ohne sonderliche Begeisterung.

»Ja«, stimmte Xander ihr ähnlich enthusiastisch zu. »Sie sind schon eine ganze Weile weg. Sie müssen die Sache wirklich angegangen sein.«

Aber das Einzige, was Buffy und Cordelia in diesem Moment wirklich angingen, war eine verlassene Hütte, die sie tief im Wald entdeckt hatten. Sie war alt und verrottet – nur ein paar kaputte Möbelstücke lagen darin herum, aber sie würde ihnen eine Weile Schutz bieten, wenigstens so lange, bis Buffy sich einen Plan für das weitere Vorgehen ausgedacht hatte. Die Jägerin schlug die Tür zu und klemmte einen alten Stuhl unter die Türklinke. Dann sah sie sich um. »Wir sind in Sicherheit, vorerst zumindest«, sagte sie zu Cordelia, während sie die Läden an einem der Fenster schloss. »Sieh dich mal nach einer Waffe um.«

Cordelia beobachtete, wie ein von Termiten zerfressener Fensterladen in Buffys Händen zerbröselte und den Blick aus einem der Glasfenster der Hütte vollkommen freigab. Plötzlich hatte Cordy Mühe, genügend Luft zu bekommen. »In Sicherheit?«, rief sie aus. »Ich bin nicht in Sicherheit. Ich werde sterben.«

»Ja, das wirst du auch, wenn du einfach nur so dastehst und jammerst«, gab ihr Buffy Recht.

»Ich werde nie mehr zur Schönheitskönigin gekrönt werden. Ich werde nie meinen Schulabschluss machen. Ich werde nie herausfinden, ob das zwischen Xander und mir echt war oder nur eine vorübergehende Geistesverwirrung, die mich glauben ließ, ihn zu lieben.« Sie hielt eine Sekunde lang inne und spürte die unglaubliche Wucht ihrer Gefühle. Dann fing sie an zu weinen. »Und jetzt werde ich es ihm niemals sagen können.«

Buffy holte tief Luft. »Doch, das wirst du«, sagte sie mit fester

Stimme. »Wir werden hier rauskommen. Und dann gehen wir zur Bücherei, wo wir Giles finden – und Waffen. Damit werden wir dann den Rest dieser Mistkerle rechtzeitig erledigen, sodass du mir noch zu meinem überwältigenden Sieg bei der Wahl zur Ballkönigin gratulieren kannst.«

Cordelia warf Buffy einen wissenden Blick zu. »Ich weiß, was du vorhast«, sagte sie zu ihr. »Du glaubst, wenn du mich nur wütend genug machst, hätte ich keine Angst mehr.« Sie hielt einen Moment inne. »Hey, es funktioniert!« Dann rannte sie zu einer alten Kommode und fing an, das Möbelstück zu durchsuchen. »Wo ist denn bloß eine verdammte Waffe?«, rief sie.

Buffy blieb mit dem Gewehr im Anschlag an dem offenen Fenster stehen. »Liebst du Xander wirklich?«

»Nun ja«, begann Cordelia, während sie eine weitere Schublade aufzog, »man gewöhnt sich mit der Zeit einfach an ihn, wie an ein Haustier.« Sie richtete sich auf und trat, mit einer Waffe in der Hand, zu Buffy ans Fenster.

Buffy starrte Cordelia an. Die Brünette wedelte mit einem Holzspachtel durch die Luft. »Ist das alles, was da drin war?«, fragte sie.

»Ja, nur das hier und ein Telefon«, antwortete Cordelia.

Buffy starrte sie ungläubig an. »Ein Telefon? Glaubst du nicht, dass uns ein Telefon helfen könnte?«

Cordelia begann, ihren Spachtel durch die Luft zu schwingen, als würde sie einem unsichtbaren Bösewicht eins über den Schädel ziehen. »Mit dem Ding kann man aber besser ... oh«, fügte sie hinzu, als sie begriff, worauf Buffy hinauswollte. Buffy nahm Cordy schnell das Telefon aus der Hand und begann zu wählen.

Während die Jägerin Giles' Telefonnummer eintippte, war der alte Mann in der Villa ebenfalls mit Nummern beschäftigt. Nur dass er sie in seinen Computer eingab, um Buffy und Cordelia aufzuspüren. Mr. Trick stand neben ihm und bediente sich aus einer großen Tüte Popcorn, so, als würde er sich gerade irgendeinen Actionfilm im Fernsehen anschauen.

»Sie werden gleich sehen, warum Daniel Boone und andere Landeier des Westens der Vergangenheit angehören, während ich die Zukunft bin«, ließ Mr. Trick wissen. Plötzlich brach er ab und starrte auf den Monitor. »Ich empfange ein Signal. Sie haben ein Telefon!« Der alte Mann und der Vampir hörten aufgeregt mit, während Buffy verzweifelt telefonierte.

»Wenn du diese Nachricht bekommst, hol Hilfe«, sprach Buffy auf den Anrufbeantworter des Bibliothekars. »Kommt hierher –« Plötzlich machte es Klick in der Leitung.

»Was ist passiert?«, fragte Cordelia, als Buffy das Telefon sinken ließ.

»Die Leitung ist einfach unterbrochen worden«, meinte die Jägerin in einem leisen, betont ruhigen Tonfall. Sie starrte durch das Fenster in die dunkle Nacht hinaus. Irgendwo da draußen waren ihre Feinde, dessen war sich Buffy ganz sicher. Was sie nicht wusste, war, wann oder wo sie als Nächstes angreifen würden.

Cordelia setzte sich auf einen wackeligen alten Stuhl und hielt ihren Spachtel umklammert. »Warum endet es eigentlich immer in Angst und Schrecken, wenn ich mit dir irgendwo unterwegs bin?«, stöhnte sie.

»Willkommen in meinem Leben.«

»Ich will gar nicht an deinem Leben teilnehmen«, betonte Cordelia. »Ich möchte *mein* Leben leben.«

»Da ist die Tür«, erwiderte Buffy. »Fühl dich frei, jederzeit zu gehen und dein Leben zu leben.«

Aber ihr Sarkasmus war an Cordelia verschwendet. Die Cheerleaderin war viel zu sehr in ihr Selbstmitleid vertieft, um noch irgendwas anderes wahrzunehmen. »Alles, was ich wollte, war, die Ballkönigin zu werden«, fuhr sie fort.

»Nun, da geht es mir nicht anders, Cordelia.« Buffy sah traurig an ihrem scharfen, knallroten Kleid herab. Es war fleckig und leicht zerrissen. »Ich habe das Taschengeld eines ganzen Jahres für dieses Kleid ausgegeben.«

»Ich verstehe nicht, wieso du dir über den Abschlussball den Kopf zerbrichst, wenn du solche Sachen wie diese hier machst«, unterbrach Cordelia sie.

»Weil das alles ist, was ich tue. Das hier ist mein Leben«, erklärte Buffy. Sie schwieg eine Weile und versuchte, ihre Gedanken zu ordnen, um sie dann Cordelia verständlich zu machen: »Ich dachte: Schönheitskönigin. Wow. Dann könnte ich eines Tages das Jahrbuch zur Hand nehmen und sagen: ›Ich war da. Ich bin zur High School gegangen, ich hatte Freunde‹, und einen Moment würde es diesen Beweis geben. Diesen Beweis, dass ich noch zu etwas anderem bestimmt bin als dem hier.« Sie hob das Gewehr an und legte eine Patrone ein. »Außerdem sehe ich süß aus mit einem Diadem.«

Plötzlich raschelte es draußen in den Blättern. »Hörst du –«, begann Cordelia, aber sie kam nicht mehr dazu, ihren Satz zu beenden. Sie wurde von den wilden, tierähnlichen Lauten Kulaks übertönt, als das stachelköpfige Monster durch den geschlossenen Fensterladen sprang. Die Glasscheibe zersprang in tausend Scherben, aber Kulak schien unverletzt. Er sprang Buffy an, riss sie zu Boden und schlug ihr das Gewehr aus der Hand. Aber Buffy reagierte schnell. Sie sprang hoch, riss ein altes Hirschgeweih von der Wand und fing an, die kopflosen Hörner durch die Luft zu schwingen.

Leider konnte das Geweih gegen das rasende Monster nichts ausrichten. Ebenso wenig wie der Spachtel, mit dem Cordelia wieder und immer wieder auf Kulaks Kopf einschlug. Das Kochutensil hinterließ nicht einmal eine Delle in seinen Stacheln.

Aber das Gewehr lag immer noch auf dem Fußboden. Von ihrer Position aus konnte sich Buffy nicht darauf stürzen – aber Cordelia könnte es erreichen. »Cor… die Waffe!«, befahl Buffy. Cordelia tat, wie ihr geheißen. Sie bückte sich, hob das Gewehr hoch … und hatte keinen Schimmer, wie es funktionierte. Schließlich schaffte sie es, ihren Finger an den Abzug zu legen, und gab einen lauten Schuss ab. Die Kugel zischte über Buffys Kopf hinweg und schlug in eine alte Whiskyflasche ein, die auf einem Regal stand.

Cordelia und ein Gewehr waren offensichtlich keine gute Kombination.

»Cordelia, der Spachtel!«, befahl Buffy, während sie sich duckte, um Kulaks durch die Luft schnellenden Messern auszuweichen. Dann sprang sie in die Luft, hielt sich an einem alten, hölzernen Leuchter fest und schwang sich durch den Raum, wobei sie dem Monster mitten ins Gesicht trat. Sie landete direkt neben dem Gewehr. Schnell legte sie an und drückte ab. Nichts passierte. Cordelia hatte die letzte Kugel verschossen.

Kulak grinste triumphierend. Aber bevor er sein Werk vollenden konnte, krachte ein schmales metallenes Etwas durch die Glasscheibe in die Hütte.

Eine Granate. Offensichtlich wusste außer Kulak noch jemand anders, wo die Mädchen sich versteckt hatten. Buffy packte Cordelia an der Taille und sprang mit ihr durch ein offenes Fenster hinaus. Kulak versuchte, durch das andere Fenster zu folgen, aber der Fensterladen hinderte ihn daran, und das Monster landete mit einem dumpfen Knall auf dem Fußboden der Hütte. Es hat gerade noch genug Zeit, die Granate anzustarren, bevor… sie alles zerfetzte!

Bye-bye, Monster.

Buffy und Cordelia sahen zu, wie die Hütte in einem riesigen Inferno explodierte. Es blieb ihnen nur eins übrig. »Wir müssen zur Bibliothek«, sagte Buffy zu Cordelia.

Die Mädchen rannten davon. Ihnen war überhaupt nicht bewusst, dass Frederick und Hans, mit Kopfhörern an den Ohren, dicht hinter ihnen waren. Die muskulösen Zwillinge warteten auf den nächsten Befehl des alten Mannes mit dem Computer. Ihre Granate hatte die Jägerinnen zwar nicht getötet, aber die Brüder waren wild entschlossen, ihren Auftrag beim nächsten Versuch zu erfüllen.

Bis zu diesem Zeitpunkt waren Cordelia und Buffy bereits dem Großwildjäger, dem Monster und den beiden psychopathischen Deutschen über den Weg gelaufen. Das hieß: Zwei andere Teilnehmer, die Mr. Trick zu seinem kranken Spiel eingeladen hatte, standen ihnen noch bevor: Lyle und Candy Gorch. Da die beiden verliebten Vampire ihre Hochzeitsreise nicht im Wald verbringen wollten, hatten sie ihren Part im Jagdfest an einen anderen Ort verlegt: in die Bücherei der *Sunnydale High School.*

Candy stand neben einem Bücherstapel und spannte gedankenverloren eine Armbrust, während sie ungeduldig darauf wartete, dass es endlich losging. Als sie mit der Armbrust etwas zu nah an sein Herz herankam, schob Lyle sie beiseite. Er hatte nicht die Absicht, sich von der Vampirin seines Herzens vorzeitig aus der Welt schaffen zu lassen. »Vorsicht, Schatz«, warnte er sie leise. »Diese Dinger gehen schneller los, als man denkt.«

Candy hielt die Armbrust in eine andere Richtung. »Aber ich möchte mir jetzt endlich Buffy vornehmen«, jammerte sie. Sie sah ihren frisch gebackenen Ehemann schmollend an und wirkte dabei so ungeduldig wie ein kleines Mädchen, das sein Geschenk nicht erwarten kann. »Ich will sie als Hochzeitsgeschenk, als Entschädigung für das, was mit deinem Bruder geschehen ist. Wann kommt sie denn?«

Lyle warf seiner Frau einen aufmunternden Blick zu. Er hatte nicht vergessen, dass Buffy seinen kleinen Bruder erlegt hatte. Und er war ebenso entschlossen wie Candy, die Jägerin zu Fall zu bringen.

Als er zu Boden sah, auf dem der bewusstlose Giles mit einer riesigen Wunde am Kopf lag, wusste Lyle, dass es nicht mehr lange dauern würde.

»Er ist ihr Wächter. Sie wird schon aufkreuzen«, versicherte Lyle seiner Frau. »Sobald sie ein paar unserer Konkurrenten außer Gefecht gesetzt hat.«

Der alte Mann im Rollstuhl verfolgte aufmerksam seinen flimmernden Bildschirm. Zwei rote Punkt bewegten sich durch ein Gitternetz aus feinen Linien. »Sie laufen nach Westen, zurück in die Stadt«, sagte er in sein Mikro, womit er Hans und Frederick den Befehl erteilte, dasselbe zu tun.

»Sie sind entkommen?«, fragte Mr. Trick und sah auf den Bildschirm.

»Vorübergehend.«

Auf Mr. Tricks Gesicht zeigte sich ein Grinsen. »Guck sich einer diese Jägerinnen an. Die haben es in sich.« Plötzlich klopfte es laut und nachdrücklich an die Tür. »Ich kümmere mich drum«, sagte Mr. Trick zu dem Alten.

Als er die Tür öffnete, sah sich der Vampir vier uniformierten Beamten der Sunnydaler Polizei gegenüber. »Guten Abend, die Herren. Was kann ich für Sie tun?«, fragte er, ganz der zuvorkommende Gastgeber.

Die Polizisten beantworteten seine Frage, indem sie ihn packten und ihn in ihren Streifenwagen zerrten. »Entschuldigen Sie mal«, meinte Mr. Trick erbost. »Kann ich vielleicht mal den Haftbefehl sehen?«

Es war gar nicht so einfach, in Stöckelschuhen nachts den Highway entlangzuwandern, aber schließlich erreichten Buffy und

Cordelia doch ihr Ziel. Während sie den leeren Flur der *Sunnydale High* entlanggingen, versuchte Buffy, das Verbleiben ihrer Angreifer zu rekonstruieren. »Also, Dschungel-Bob und Stachelkopf sind hin«, erinnerte sie sich. »Die beiden Deutschen haben wir zweimal verloren, aber sie scheinen uns immer wieder zu finden. Wenn wir die beiden und die Gorches außer Gefecht setzen, können wir es immer noch rechtzeitig zur Wahl schaffen.«

Cordelia nickt zustimmend. Erstaunlicherweise fiel ihr gar nicht auf, wie absurd dieser Satz eigentlich wirkte. Schließlich waren sie und Buffy inzwischen alles andere als gut gestylt. Ihre Kleider waren zerfetzt, ihre Gesichter rußig und verdreckt, und ihre Frisuren das absolute Desaster. Und zu allem Überfluss hielt Cordelia immer noch den Spachtel umklammert.

Immerhin schienen ihre Ansteckblumen noch in gutem Zustand zu sein.

»Diese Monster«, sagte Cordelia entrüstet. »Uns wie arme wehrlose ... nun ja, Tiere ... durch den Wald zu jagen.«

Buffy stieß die Tür zur Bibliothek auf. »Jetzt müssen wir nur noch –«

Bevor die Jägerin ihren Satz beenden konnte, trat ihr Candy Gorch mit voller Wucht in den Bauch, sodass die Jägerin gegen ein Bücherregal knallte. Buffy war völlig überrumpelt. Die frisch verheiratete Vampirfrau landete noch einige Treffer mehr, bevor Buffy überhaupt begriff, was sie da angriff.

Aber Cordelia war unverletzt.

»Buffy!« Cordelia warf den Spachtel in Richtung der Jägerin. Buffy fing den Spachtel auf, hielt ihn wie einen Pflock und zielte damit direkt auf Candys Herz. Das Werkzeug verfehlte sein Ziel nicht, die Vampirin hatte gerade noch Zeit, Buffy mit einem alten Garderobenständer zu Boden zu schlagen, als der Spachtel sich in ihre Brust grub.

»Candy!« Lyle Gorch beobachtete schockiert, wie seine Frau

zu Staub zerfiel. Er bückte sich und rettete ihre pinkfarbene Haarspange aus dem Aschehäufchen. Sein hässliches Gesicht glühte vor Zorn. »Zuerst mein Bruder Tector, und jetzt meine Frau.« Er stürzte auf Buffy zu, die nun neben ihrem Wächter bewusstlos auf dem Boden lag. »Dafür wirst du sterben, Jägerin!« Dann wandte er sich zu Cordelia um. »Und du auch!«, schwor der Vampir, und sein Gesicht lief rot an vor Wut. »Du bist so gut wie tot. Hast du gehört? Ich werde …«

Cordelia sah zwischen Buffy und Giles hin und her. Sie waren immer noch beide bewusstlos. Jetzt war sie gefragt. »Ja, ich weiß, mir meine Eingeweide rausreißen, mit meinen Augäpfeln spielen, mein Hirn kochen und es zum Frühstück verspeisen«, antwortete Cordelia absolut unbeeindruckt. Sie starrte den Vampir wütend an. »Jetzt hör mir mal zu, du Spatzenhirn. Buffy und ich haben schon vier von deinen Kumpanen aus dem Weg geräumt, ganz zu schweigen von deiner Freundin –«

»Frau!«, korrigierte Lyle Gorch.

»Wie auch immer. Der Punkt ist: Ich bin noch nicht mal ins Schwitzen gekommen.« Cordelia trat einen Schritt näher an ihn heran, sodass sie direkt in das hässliche Gesicht des Vampirs blickte. »Sieh mal, Buffy ist schon gut, aber sie ist nur die Nummer zwei. Ich bin die Königin. Was glaubst du wohl, was ich mit dir mache, wenn du mich nervst?«

Irgendetwas in Cordelias Blick sagte Lyle, dass er dieser Sache hier überhaupt nicht gewachsen war. Er sah von Cordy zu Buffy und von Buffy zu dem Häufchen Asche, das einmal seine Candy gewesen war. »Wir sehen uns noch!«, rief er, während er langsam rückwärts aus der Tür ging.

Giles öffnete langsam seine Augen und erhob sich mühsam. Nach dem, was er durch seinen Schleier der Bewusstlosigkeit gehört hatte, hatte diese Schönheitskönigin gerade eine erstaunliche Performance hingelegt.

Buffy war nicht ganz sicher, wie lange sie bewusstlos gewesen war. Aber als sie wieder zu sich kam, berichtete Giles ihr sofort von Cordelias heldenhaftem Auftritt. Obwohl sie Konkurrentinnen waren und sie einen bohrenden Kopfschmerz verspürte, musste Buffy zugeben, dass Cordy ihre Sache glänzend gemacht hatte.

»Na, denen hast du's aber gezeigt. Die werden so schnell nicht mehr den Fehler machen, dich mit einer Jägerin zu verwechseln«, gratulierte Buffy ihr.

Giles wurde etwas unbehaglich zumute. »Ich fürchte, daran bin ich nicht ganz unschuldig«, entschuldigte er sich bei Buffy und Cordelia. »Ich habe euren Freunden meine stillschweigende Zustimmung zu dieser Sache mit der Limousine gegeben.«

»Ach, das ist schon in Ordnung«, versicherte Buffy ihm. »Cor und ich haben ein paar schöne gemeinsame Stunden in Todesangst verbracht.«

»Und wir haben diese Ansteckblumen geschenkt bekommen«, erinnerte Cordelia sie.

»Das ist schön«, erwiderte Giles. »Obwohl ich mich nicht erinnern kann, dass sie irgendwas von Ansteckblumen gesagt haben.« Sofort nahmen er und Buffy die Blumen, die sie an ihren Kleidern trugen, näher in Augenschein.

»Dschungel-Bob hat gesagt, die Deutschen wären mit einem Computer verbunden«, dachte Buffy laut nach, während sie ihre Ansteckblume untersuchte. Sie bog eins der Blütenblätter zurück. Komisch, ihre Biolehrerin hatte nie was von einem Computerchip gesagt, als sie im Botanikunterricht den Aufbau einer Blüte besprochen hatten. »Und sie waren mit uns verbunden«, fügte Buffy hinzu.

Plötzlich hörten sie lautes Türenschlagen auf dem Flur. Cordelia riss sofort ihre Ansteckblume ab und warf sie Buffy zu. »Oh Gott. Lass diese Dinger verschwinden!«, rief sie.

Buffy drehte sich zu Giles. »Ich brauche feuchtes Toilettenpapier.«

»Ach ja richtig, das wird helfen«, bemerkte Cordelia sarkastisch. Sie hatte keinen Schimmer, was Buffy vorhatte.

Während Buffy erläuterte, wie sie Frederick und Hans täuschen wollte, verfolgte der alte Mann in der Villa jede ihrer Bewegungen.

»Ich hab sie. Auf der Achse sechzig Grad mal dreiundvierzig«, gab er seinen deutschen Kampfmaschinen durch, während er die roten Punkte über den Bildschirm wandern sah.

Hans raste genau in dem Moment um die Ecke, in dem Buffy durch den Flur in einen nahe gelegenen Klassenraum sauste. In der Dunkelheit konnte Hans die Jägerin nicht sehen – oder vielmehr die Kugel aus zusammengeknülltem Toilettenpapier, die sie in der Hand hielt und in die sie die beiden Ansteckblumen gewickelt hatte. Buffy holte aus und warf die Blumen dann wie einen Baseball durch den Raum. Treffer! Sie hatten ihr Ziel erreicht und klebten jetzt an Hans' Rücken, ohne dass er davon etwas bemerkte.

»Ich gebe jetzt neue Koordinaten durch. Sie befinden sich in etwa fünfzehn Metern Entfernung«, vermeldete der alte Mann über sein Mikrofon. Seine Stimme klang immer aufgeregter, da er seine Beute kurz vor ihrem Ende wähnte. »Beide Zielobjekte Achse sechs mal dreiundvierzig.« Er starrte auf den Bildschirm, als die beiden roten Punkte zu einem zu verschmelzen schienen. »Ich habe sie beide zusammen in Reichweite. In sechs Metern Entfernung und unverändert. Sie befinden sich in der Endposition. Bereitmachen zum Feuern!«

Hans drehte sich langsam um und entsicherte seine Waffe. Frederick, der im angrenzenden Klassenzimmer wartete, tat dasselbe. »Beide Ziele sieben Grad mal fünfunddreißig«, sagte der Alte zu ihnen. »Auf dreißig Grad anpassen. FEUER!«

Frederick gab einen Schuss aus seiner Waffe ab. Die Kugel schlug durch die Wand des Klassenzimmers. Hans hörte, dass sich ein Schuss gelöst hatte, und feuerte instinktiv zurück.

Plötzlich entbrannte ein Schusswechsel zwischen den beiden Klassenräumen. Beide Brüder feuerten wie wild auf die Jägerinnen – das glaubten sie zumindest.

Dann war alles vorbei. Hans und Frederick lagen tot in ihren jeweiligen Klassenzimmern. Der alte Mann starrte auf seinen Computerbildschirm und beobachtete, wie die roten Punkte erloschen.

»Ich hab gewonnen!«, verkündete er ungläubig.

Buffy und Cordelia waren indes an einem ganz anderen Sieg interessiert. Sobald sie ihre Feinde geschlagen hatten, eilten die Mädchen ins *Bronze*. Sie hofften, noch rechtzeitig dort einzutreffen, um zu sehen, wer von ihnen den Titel der Ballkönigin nach Hause tragen konnte.

Während sie durch die Stadt fuhren, ahnten die beiden Mädchen nicht, dass der Bürgermeister von Sunnydale gerade den Vampir empfing, der für ihr gegenwärtiges zerzaustes Erscheinungsbild verantwortlich war.

»Hallo. Schön, Sie kennen zu lernen«, grüßte der Bürgermeister, als zwei der Polizeibeamten Mr. Trick in sein Büro zerrten.

»Ja, ganz meinerseits«, knurrte Mr. Trick. »Wo bin ich hier?«

Der Bürgermeister lächelte. »In meinem Büro. Ich bin Richard Wilkins, der Bürgermeister von Sunnydale. Und Sie sind Mr. Trick. Setzen Sie sich bitte.« Der Bürgermeister sah zu, wie Mr. Trick auf der anderen Seite des Schreibtisches Platz nahm. »Das ist aber ein toller Anzug.«

Mr. Trick öffnete sein Jackett, damit der Bürgermeister auch sein Hemd bewundern konnte. »Kleider machen Leute.«

»Wenn ich richtig verstanden habe, sind Sie nicht gerade das, was man einen Menschen nennt«, bemerkte der Bürgermeister, ohne sein falsches Lächeln abzustellen. Mr. Trick nickte, sagte aber nichts. »Ich bin schon eine ganze Weile Bürgermeister hier«, fuhr der Bürgermeister fort. »Ich mag es, wenn hier alles ruhig bleibt. Das ist ein sehr wichtiges Jahr für mich.«

»Ein Wahljahr«, riet Mr. Trick.

»So was in der Art«, stimmte der Bürgermeister ihm zu.

»Kommt jetzt die Stelle, wo Sie mir sagen, dass ich nicht in ihre ruhige kleine Gemeinde hineinpasse?«, fragte Mr. Trick vorwurfsvoll. »Die können sie überspringen. Diese Geschichten gab's schon, lange bevor ich Vampir wurde. Wissen Sie, wovon ich rede?«

Der Bürgermeister schüttelte den Kopf. »Die Kinder sind das Herz der Gemeinde. Sie brauchen Pflege und Aufsicht«, erklärte der Bürgermeister. »Um die rebellischeren Elemente müssen wir uns kümmern. Die Kinder sind unsere Zukunft. Wir brauchen sie. Ich brauche sie.«

Mr. Tricks lächelte. »Wenn mit diesem ›rebellischen Element‹ das gemeint ist, was ich glaube, dann kann es sein, dass sich dieses Problem noch heute Nacht erledigt.«

Nun wirkte das Lächeln von Bürgermeister Wilkins beinahe echt. »Ich habe davon gehört. Das ist eine sehr einfallsreiche Idee, die Sie da hatten. Ein Jagdfest. Ich liebe diese Bezeichnung. Aber das nur am Rande.« Er lachte. »Wissen Sie, das ist genau die Art von Initiative, die ich in meinem Team schätze.«

Mr. Trick erwiderte sein Lächeln nicht. »Was, wenn ich gar keinen Wert darauf lege, zu Ihrem Team zu gehören?«

Bürgermeister Wilkins schüttelte den Kopf. »Ach, das ist gar kein Problem«, versicherte er Mr. Trick.

Mit den silbernen Bändern und den riesigen bunten Bannern an der Wand erschien Buffy das *Bronze* fast wie ein magischer Ort. Buffy grinste. Es war schön, wieder bei einem Ball zu sein – auch wenn sie ein wenig zerzaust aussah. Na ja, wahrscheinlich doch eher *ziemlich* zerzaust.

Als Devon, ein sexy aussehender Oberschüler, mit einem

Umschlag in der Hand auf die Bühne trat, wurde Willow nervös. »Sie verkünden jetzt, wer Ballkönigin geworden ist. Wo sind die beiden? Wo bleiben sie denn?«

Xander wandte sich genau rechtzeitig um, um zu sehen, wie die beiden Kandidatinnen in den Raum spaziert kamen. Alles, was ihm nach einem Blick in ihre verdreckten Gesichter einfiel, war: »Ich tippe mal, ihr habt euch kämpfend im Schlamm gewälzt. Mein Gott, was habt ihr beiden euch denn gegenseitig angetan?«, fügte er hinzu, während die beiden Mädchen dorthin kamen, wo er, Willow, Oz, Faith und Giles standen.

»Das ist eine lange Geschichte«, erwiderte Buffy.

»Jemand hat Jagd auf uns gemacht«, erklärte Cordelia.

»Offenbar ist die Geschichte doch nicht so lang«, korrigierte Buffy sich. Dann lächelte sie. »Aber ich sag's euch. Legt euch nie mit Cordelia an.«

Diese Lektion hatte Xander bereits gelernt. »Nein«, stimmte er zu.

Devon trat ans Mikrofon und hielt einen kleinen weißen Umschlag hoch. »In diesem Umschlag hier steckt der Name der diesjährigen Ballkönigin.«

Cordelia sah zu Buffy hin. »Weißt du, nach dem, was wir heute Abend schon alles hinter uns haben, kommt mir dieses ganze Gerangel um die Krone irgendwie –«

»Verdammt wichtig vor«, beendete Buffy ihren Satz.

»Ja, stimmt!«, stimmte Cordelia ihr zu und konzentrierte sich wieder auf die Bühne.

»Und die Siegerin ist ...« Devon riss mit einer raschen Handbewegung den Umschlag auf. Er guckte überrascht. »Hey! Ich glaube, das gab's noch nie an der *Sunnydale High*. Wir haben einen Gleichstand.«

Buffy und Cordelia standen Seite an Seite. Ihre Herzen schlugen so schnell, dass sie beide sicher waren, dass die jeweils andere es hören konnte.

»Holly Charleston und Michelle Blake!«, rief Devon aus.

Zuerst dachte Cordelia, sie hätte nicht richtig gehört. Aber als Holly und Michelle mit Tränen in den Augen zur Bühne gingen, konnte sie nicht mehr verleugnen, was gerade geschehen war.

Buffy und Cordy drehten sich gleichzeitig um und gingen zum Ausgang. Wozu noch länger bleiben?

Epilog

Kaum hatte Cordelia das *Bronze* betreten, da fiel ihr schon das Schild ins Auge. Das riesige Banner hing immer noch auf der Bühne, und zwar direkt hinter der Band.

Der Schulball – oder wie Cordelia ihn gerne nannte: Der Höllenball – lag schon eine Woche zurück. Größtenteils war das *Bronze* bereits wieder im selben Zustand wie sonst auch – klägliche Beleuchtung, klebriger Fußboden und schlechter Service. Der einzige Hinweis darauf, dass es hier einen Schulball gegeben hatte, war tatsächlich dieses hässliche Banner, das hinten auf der Bühne hing. Irgendein Idiot musste vergessen haben, es abzuhängen.

Zu Cordelias großer Überraschung hatte das Fehlen eines Diadems auf ihrem Kopf sich nicht wirklich negativ auf ihr Leben ausgewirkt. Mit Strasssteinchen besetzte Aluminiumkronen sind auch ziemlich unbequem, wenn man Vampire jagt und Monster in den Hintern tritt.

Ein Spachtel ist da schon viel praktischer, erinnerte sich Cordelia grinsend. Sie blickte zu Buffy hinüber, mit der sie den ganzen Abend während des Schulballs Vampire und Monster gejagt hatte – und es hatte ihr Spaß gemacht.

Cordelia Chase hängt mit der total abgedrehten Buffy Summers rum … und es macht ihr auch noch Spaß! Okay, das war schon ziemlich seltsam. Aber noch seltsamer war die Vorstellung, dass Cordelia durch das Jagdfest ihr Date mit dem Mann ihrer Träume verpasst hatte: *Xander Harris*.

Eines stand fest: Das Oberstufenleben in der High School

war völlig anders verlaufen, als Cordelia erwartet hatte. Aber als Xander zu ihr hinkam und sie auf die Wange küsste, lächelte Cordy zufrieden: Überraschungen machen das Leben eben interessanter.

Sexy & geheimnisvoll!
Wo ich will. So oft ich will.
TV-SERIEN
Wo ich will. So oft ich will.
Wann ICH will!
Mit
Extra viel Zusatzmaterial
durch die Nacht:
• Audio-Kommentare
• Original-Scripts
• Featurettes
• Bildgalerie
• u. v. m.
Endlich!
Das Warten hat sich gelohnt.
Buffy
Im Bann der Dämonen
ANGEL
Jäger der Finsternis
Buffy Season Five &
Angel Season Two
Jetzt auf DVD + VHS!

HappyFans
www.happyfans.de
präsentiert
Poster je 6,45 €
00837
00856
00843
00834
00863
00842
Postkarten je 1,00 €
00918
00919
00925
00910
00911
00913
00914
Doorposter 9,90 €
00818
Schachspiel 34,90 €
98823
Actionfiguren
Giles
17,90 €
00721
Oz
17,90 €
00720
Buffy
19,90 €
00722
Cordelia
19,90 €
00723
Weitere Buffy-Actionfiguren in unserem Online-Sh
Viele weitere Produkte eurer Stars aus Musik und Film findet ihr in unserem Online-Shop unter: www.happyfans.de - dem Shop für Fanartikel, über 2000 Produkte warten auf Euch!
Bestell-Hotline: 0180-555 72 00 (0,12 €/min) • Bestell-Fax: 06074-69 83 42